Bianca™

Jacqueline Baird

El regreso de una esposa

Editado por HARLEQUIN IBÉRICA, S.A.
Núñez de Balboa, 56
28001 Madrid

© 2012 Jacqueline Baird. Todos los derechos reservados.
EL REGRESO DE UNA ESPOSA, N.º 2252 - 28.8.13
Título original: Return of the Moralis Wife
Publicada originalmente por Mills & Boon®, Ltd., Londres.

I.S.B.N.: 978-84-687-3154-4
Depósito legal: M-16705-2013
Editor responsable: Luis Pugni
Fotomecánica: M.T. Color & Diseño, S.L. Las Rozas (Madrid)
Impresión en Black print CPI (Barcelona)
Fecha impresion para Argentina: 24.2.14
Distribuidor exclusivo para España: LOGISTA
Distribuidor para México: CODIPLYRSA
Distribuidores para Argentina: interior, BERTRAN, S.A.C. Vélez
Sársfield, 1950. Cap. Fed./ Buenos Aires y Gran Buenos Aires,
VACCARO SÁNCHEZ y Cía, S.A.

Prólogo

ORION Moralis, Rion para sus amigos, tamborileó impaciente sobre el volante del fabuloso coche deportivo. Atenas era famosa por sus atascos de modo que no le extrañó verse atrapado en uno. Llegaría tarde a la maldita cena a la que no le apetecía asistir. Y todo por culpa de su padre.

Rion había llegado la noche anterior de un viaje de negocios de dos meses por los Estados Unidos de América. A las ocho de la mañana había sonado el timbre y su padre había irrumpido en el apartamento.

–¿A qué se debe este inesperado placer? –había preguntado. La respuesta le sorprendió.

–Ayer comí con Mark Stakis y ha accedido a vender su empresa por un precio realmente bueno –el padre de Rion había nombrado una cifra–. ¿Qué te parece? –había preguntado con gesto resplandeciente–. Aún conservo mi toque.

La determinación de su padre por hacerse con la compañía naviera de Stakis se había convertido en una obsesión. Rion no estaba muy al tanto, pero sabía que la compañía valía mucho más de lo que pedía su dueño. Ese hombre estaba regalando su negocio. Pero su padre se mostraba visiblemente encantado. Tenía previsto jubilarse en otoño y ese sería su último trato. Tanto mejor, porque era evidente que había perdido el juicio si creía realmente que la oferta de venta era genuina.

–¿Dónde está la trampa? –había preguntado Rion secamente.

–Bueno, Stakis ha nombrado un par de condiciones. En primer lugar, quiere unas cuantas acciones de la corporación Moralis, en lugar de más dinero en metálico. Y en segundo lugar, quiere que te cases con su nieta para asegurarse de que alguien de su sangre siga unida al negocio que ha sido su vida, y la de su padre antes que él.

–¡Increíble! –Rion no daba crédito a sus oídos–. No tengo pensado casarme en años, si es que me caso alguna vez. Y en el caso de la nieta de Stakis, además, hay un impedimento físico. Ese hombre no tiene ninguna nieta. Su hijo, Benedict, su esposa y sus hijos adolescentes fallecieron en un accidente de helicóptero hace años, ¿lo habías olvidado?

–Claro que no lo he olvidado –respondió airado su padre–. ¡Aquello fue una tragedia!

Y entonces le contó la historia. Benedict Stakis había tenido una hija con una inglesa estando su propia esposa embarazada de gemelos. Stakis había descubierto la existencia de su nieta ilegítima tras la muerte de su hijo. Al parecer, Benedict había convencido a la inglesa para que mantuviera el secreto a cambio de un fideicomiso para la pequeña. Al fin, en septiembre pasado, Mark Stakis había conocido a la chica, Selina Taylor. Terminado el curso escolar, la joven pasaba las vacaciones en Grecia con él.

–¿Pretendes que me case con una colegiala? –Rion soltó una carcajada–. ¿Hablas en serio?

–Hablo en serio, y no tiene ninguna gracia. Esa chica no es ninguna cría, tiene casi diecinueve años. Se aloja en la casa que tiene Stakis en la capital. Mark celebra una fiesta esta noche para presentarla en sociedad. Podrás conocerla y reflexionar sobre ello.

–No necesito reflexionar. Decididamente digo que no.

–Al menos accede a conocerla. Este negocio es demasiado bueno para desestimarlo.

Y eso era precisamente lo que había hecho Rion una y otra vez: desestimarlo. Y entonces su padre había empezado a nombrar a algunas de sus antiguas novias, incluyendo cierto incidente cuando Rion había sido fotografiado a la salida de un club nocturno discutiendo con el fotógrafo sobre una mujer casada de no muy buena reputación. En aquella ocasión, le había aconsejado que se buscara una buena mujer y dejara de frecuentar las malas, a las que tan aficionado parecía ser.

Su padre había concluido que iba a tener que retrasar su jubilación porque no le hacía feliz la idea de dejar el negocio familiar en manos de su hijo hasta que no hubiera sentado la cabeza.

Su padre no le hacía ascos a un poco de chantaje emocional, pero ambos sabían que Rion había llevado la compañía naviera Moralis hasta el lugar que ocupaba en esos momentos en el plano internacional. Y Rion también sabía que, tras el último infarto, el médico de su padre le había aconsejado seriamente el retiro. Por no hablar de lo furiosa que se pondría Helen, su madrastra, si se veía obligada a retrasar el crucero alrededor del mundo que había planeado para celebrar la jubilación de su padre en septiembre.

Al final había accedido a acudir a la cena, pero había dejado muy claro que no prometía nada más, y solo lo había hecho para complacer a su padre quien contemplaba ese negocio como la guinda de una exitosa carrera. Seguramente acabaría por hacerse con la naviera Stakis, pero tendría que hacerlo sin que su hijo se casara con una colegiala.

La idea de un matrimonio por negocios no entraba en sus planes. En realidad lo consideraba igual de inaceptable que el matrimonio por amor. Ni siquiera estaba seguro de que existiera tal sentimiento.

Amaba a sus padres y habría jurado que ellos se habían amado el uno al otro. Pero a los seis meses de morir su madre, cuando él contaba once años, su padre había vuelto a casarse, con Helen, su secretaria, a la que había dejado embarazada. Aquello había herido profundamente a Rion, que todavía lloraba la muerte de su madre. A los diecinueve se había creído enamorado de Lydia, una impresionante jovencita, tres años mayor que él. En el año que habían pasado juntos, ella le había ampliado considerablemente su cultura en el tema sexual, sobre todo en cuanto a las muchas y variadas maneras de darle placer a una mujer.

Rion había considerado seriamente pedirle que se casara con él, pero había cambiado bruscamente de opinión al encontrarla en la cama... con otra mujer. Lydia se había reído y sugerido que se uniera a ellas, pero él se había negado, sintiéndose traicionado. Y jamás se le declaró. No obstante, habían seguido siendo amigos.

Al rememorar aquello había comprendido por qué Lydia había sido tan buena maestra.

Cumplidos ya los veintiocho, Rion había aprendido a seleccionar mejor a sus parejas. Le gustaban las mujeres sofisticadas que aceptaban desde el principio que él solo les ofrecía placer mientras durase. No era hombre de compromisos. Había mantenido unas cuantas relaciones, pero no había vuelto a creerse enamorado.

La residencia de los Stakis se situaba en el mejor barrio de Atenas. Un largo paseo conducía a una impresionante entrada. No sabiendo cuántos invitados asistirían a la cena, optó por aparcar el coche al comienzo del paseo para así poder marcharse rápidamente. Había planeado para más tarde una tórrida velada con Chloe, una modelo con la que ya se había visto en dos ocasiones, y caminó alegremente hacia la casa pensando en la perspectiva de terminar con dos meses de celibato en cuanto concluyera la cena.

Una doncella abrió la puerta y lo guio hasta la estancia en la que estaban reunidos los invitados.

Rion se paró en seco al descubrir a la joven con la que charlaba su hermanastra, Iris. Debía ser la nieta de Stakis y no tenía nada que ver con lo que se había imaginado encontrar. Y desde luego no era ninguna colegiala a juzgar por la inmediata reacción de su cuerpo. Selina Taylor poseía un cuerpo de escándalo y Rion tuvo que hacer un verdadero esfuerzo por controlar la placentera dureza que crecía entre sus piernas.

Medía alrededor del metro setenta y poseía unos pechos firmes y redondos, una cintura estrecha, finas caderas y fabulosas piernas, perfectamente visibles bajo el vestido corto de diseño color verde esmeralda y las sensuales sandalias de tacón alto.

De cerca era aún más impresionante. Sus cabellos eran de un color rojizo dorado cuyos rizos enmarcaban el perfecto óvalo de su rostro. La piel era pálida y suave, cuando no se sonrojaba, algo que hizo en muchas ocasiones a lo largo de la velada.

Pero incluso con el rostro enrojecido resultaba encantadora. Los expresivos ojos lo fascinaron al momento. Eran grandes y felinos, de un color indefinible: castaños o ámbar con un toque verdoso, fue lo máximo que pudo adivinar. Cuando se reía, esos ojos emitían reflejos dorados, y cuando lo miraban a él, se abrían desmesuradamente, casi impresionados. A Rion le resultaba de lo más halagador e increíblemente excitante.

Toda ella estaba envuelta en un halo de inocencia genuina, de eso no le cupo la menor duda. Tenía suficiente experiencia con mujeres que habían intentado fingir inocencia.

–¿Cuánto tiempo llevas estudiando griego, Selina? –le preguntó durante la cena en un intento de saber más de ella.

La respuesta le sorprendió. La joven hablaba italiano y francés y llevaba estudiando griego desde que había conocido a su abuelo. No obstante, se especializaba en chino y árabe y en otoño empezaría a estudiar en la universidad.

Desde luego era una joven brillante, y curiosamente ingenua. Rion era un experimentado hombre de mundo, acostumbrado a recibir las atenciones de las mujeres, y era más que evidente el interés que había despertado en ella. En cualquier otra circunstancia, habría seguido el juego de la mutua atracción física, pero Selina estaba totalmente prohibida.

A pesar de su impresionante físico y la evidente falta de experiencia con los hombres.

El café fue servido y, con su habitual firmeza, Rion borró a Selina de su mente. Tras tomar un par de sorbos de la taza, se bebió el resto de un trago y, empujando la silla hacia atrás, se puso en pie. Agradeció a Mark Stakis la invitación y se inventó la excusa de una video-conferencia programada para aquella noche desde los Estados Unidos de América.

–Es una lástima que tengas tanta prisa, pero no permitas que te retrasemos –Mark Stakis sonrió–. Puedes atajar por el jardín, así saldrás antes –se volvió a su nieta–. Selina, muéstrale a Rion el camino hasta el paseo. Le ahorrará tiempo.

Por supuesto, la chica aceptó y se levantó rápidamente de la silla. Rion se sorprendió ante el evidente descaro del anciano, pero no hizo ningún comentario. Siguió a Selina escaleras abajo desde la terraza al jardín. La pobre no tenía ni idea de que su abuelo intentaba casarla.

–Tranquila –Rion la agarró del brazo para evitar que se cayera al introducírsele el tacón de la sandalia en una grieta del suelo–. No tengo tanta prisa como para permitir que te rompas ese bonito cuello –deslizó los dedos por el delicado brazo y le tomó la mano–. Cuéntame, Selina, ¿te gusta vivir en Grecia con tu abuelo? Debe ser muy distinto de Inglaterra.

–No tiene nada que ver –asintió ella–. Mi abuelo vive rodeado de lujo –levantó la vista y lo miró–. En realidad, me sorprendió saber que tenía un abuelo, incluso ahora me cuesta creerlo.

Selina sonrió sin hacer ningún movimiento por soltarse de la mano de Rion y, mientras caminaban por el pobremente iluminado jardín, le contó todo sobre su vida. Su madre había fallecido y vivía con su tía Peggy. No era su primera visita al continente, pero en las pasadas Navidades sí había sido su primera visita a Grecia.

Rion se descubrió apesadumbrado por Selina. Su madre le había negado la existencia de su padre, su padre la había ignorado, y su abuelo pretendía casarla por motivos personales. Deslizó la mirada desde los grandes ojos hasta la dulce boca y, de repente, ya no sintió lástima sino una abrumadora compulsión por consolarla, por besarla, solo una vez...

Deslizando las manos por su cintura, la atrajo hacia sí. Agachó la cabeza y le rozó los labios con ternura. Había pretendido que fuera un beso breve, pero su sabor le resultó inmediatamente adictivo. La sintió temblar mientras empujaba con la lengua para que separara los labios y le dejara entrar. Selina se tambaleó, rodeándole el cuello con los brazos y apretó su fino cuerpo contra él.

Rion sabía que debía parar, pero estaba hechizado por esa joven, su olor, su sabor, sus inocentes movimientos. Al final, dolorosamente excitado, respiró hondo y se apartó de ella, aunque no dejó de sujetarla hasta recuperar el aliento. Selina tenía las pupilas dilatadas y una mirada cargada de deseo que no podía disimular. Y supo que tenía que verla de nuevo.

Selina era tan sexy, y a la vez tan ingenua que sintió la necesidad de protegerla, junto con otra necesidad más primitiva, que por supuesto no debía permitirse.

La cita planeada para después de la cena fue un completo desastre. Chloe no volvería a hablarle jamás. La había llevado a un club nocturno y luego acompañado a su casa donde había rechazado, con un beso en la mejilla, su invitación a tomar un café y la había dejado plantada en la puerta.

Capítulo 1

EL LUJOSO yate se deslizó hacia el puerto de la isla griega de Letos poco antes de la medianoche. Por suerte, el sofocante calor de julio había dado paso a una temperatura más aceptable.

Orion Moralis, alto de cabellos negros, ojos negros y ceño profundamente fruncido, el poderoso y, según algunos, inmisericorde propietario de la amplia corporación Moralis, bajó las escaleras del puente hasta la cubierta principal. Vestido de manera informal con pantalones de camuflaje y una camisa negra con el cuello abierto, hizo una pausa para contemplar los edificios que rodeaban el puerto. La torre de la iglesia dominaba el paisaje del único pueblo de la isla, donde vivía Mark Stakis. Bueno, donde había vivido, se corrigió encogiéndose de hombros. Para él, ese hombre llevaba años muerto.

El yate, con sus siete tripulantes, estaba equipado con las últimas tecnologías y se dirigía hacia la costa de Egipto para unas inhabituales vacaciones de tres semanas. Rion había planeado combinar el inexcusable trabajo con un crucero y unas vacaciones para disfrutar del buceo. Había recibido la noticia de la muerte de Stakis, pero no había mostrado ningún interés por asistir a los funerales... hasta recibir un mensaje del abogado de Stakis la mañana anterior. El señor Kadiekis reclamaba su presencia. Así pues, el yate había desviado su rumbo, interrumpiendo las vacaciones antes de haberlas comenzado.

Rion observó atentamente las maniobras de atraque. Estaba impaciente por saltar a tierra. Necesitaba estirar las piernas y sacudirse la sensación de inquietud que lo dominaba desde hacía meses y que había sido el motivo principal para tomarse un descanso del trabajo. Sin embargo, la inquietud había aumentado considerablemente tras recibir el mensaje del señor Kadiekis.

Sorprendentemente, el anciano no había modificado su testamento en años, y la información había despertado en Rion recuerdos que había creído muertos y enterrados.

Seis años atrás se había casado con la nieta de Stakis, Selina, el mayor error de su vida. Rion casi nunca cometía errores, ni en su trabajo ni en su vida personal, y la traición de su esposa había supuesto un mazazo para su ego. Durante un segundo, el recuerdo lo llenó de negra furia. Bruscamente descendió la pasarela y se encontró en tierra firme.

Respirando profundamente el aire de la noche, se apartó de las luces del puerto y se dirigió hacia la playa para disfrutar de la quietud. A cada paso que daba, la ira que le había provocado el recuerdo de su exmujer se iba desvaneciendo y empezó a relajarse. Escuchó el suave murmullo de las olas al chocar contra la orilla y caminó entre los árboles, comprendiendo de repente que se encontraba en la playa privada de los Stakis.

Se paró y contempló la impresionante villa blanca sobre la colina. Del edificio salía una única luz que iluminaba tenuemente las elegantes terrazas que descendían hasta la playa, a la que se accedía por una puerta en el muro. Mientras se preguntaba si contaría con alguna medida de seguridad, la puerta se abrió.

Rion entornó los oscuros ojos fijos en la fantasmagórica figura blanca que surgió. A pesar de la distancia, se veía claramente que se trataba de una mujer.

Dando un par de ágiles pasos hacia atrás, se ocultó entre las sombras de los árboles. La luna iluminaba a la mujer que corría por la arena de la playa.

Selina. Tenía que ser ella.

Cada músculo del cuerpo de Rion se tensó. Aunque sabía que la encontraría allí, sintió una gran conmoción al verla. Menuda desfachatez la suya. Todo el mundo sabía que, tras el divorcio y su regreso a Inglaterra, su abuelo había cortado toda relación con ella. Sin embargo, a Rion no le sorprendió. El olor del dinero era muy atractivo.

Se quedó inmóvil, contemplando atentamente a su exmujer. Era evidente que creía estar sola, pues dejó caer la bata que llevaba y se quedó mirando el mar llevando puesto únicamente un diminuto bikini. Desde luego era Selina, pero no era así como la recordaba. Los cabellos rojizos, recogidos en una coleta, eran más largos. Y en cuanto al resto...

Rion se quedó sin aliento y los oscuros ojos se oscurecieron aún más en un gesto silencioso de apreciación masculina mientras se ponía duro al ver cómo soltaba la coleta y dejaba caer la ondulada melena sobre la espalda. Después, alzó el rostro hacia el cielo y levantó los brazos, como en una especie de tributo pagano a la luna. Increíblemente, estaba aún más hermosa de lo que recordaba. Era una Eva de la era moderna. La personificación de la tentación.

La pálida luz de la luna iluminó los rotundos pechos, la diminuta cintura y la sensual curva de las caderas antes de zambullirse en el mar de un salto. Rion era incapaz de apartar los ojos de ella, hechizado por su belleza.

Fascinado, la contempló nadando sin apenas mover el agua. Se estaba alejando demasiado de la orilla. Preocupado, de repente la vio hundirse bajo las olas. En un movimiento impulsivo, dio un paso al frente, pero ella reapareció y, con el corazón acelerado, él optó por recuperar su escondite entre las sombras. Selina continuó nadando, más cerca de la orilla, hasta tumbarse de espaldas y quedar flotando con los brazos y las piernas estirados.

Era la imagen más erótica que Rion hubiera visto jamás. Tras unos juguetones movimientos, ella al fin salió del agua, recuperó la bata caída sobre la arena y se la ajustó al cuerpo con el cinturón. Por último, se echó los cabellos hacia atrás y se quedó quieta.

Salvajemente excitado, Rion la deseó con unas ansias que lo inquietaron. Estaba claro que llevaba demasiado tiempo sin una mujer. Durante unos segundos, tuvo problemas para acordarse de cuánto tiempo y al fin comprendió que habían pasado meses. Pues eso estaba a punto de cambiar. Y sabía exactamente con quién...

Sus ojos recorrieron el cuerpo de Selina con expresión depredadora.

Debió haber hecho algún movimiento, porque la joven giró la cabeza hacia donde se encontraba, como si hubiera sentido su presencia. A Rion se le ocurrió salir a su encuentro y enfrentarse a ella, pero decidió que no era el momento. En pocas horas se celebraría el entierro de su abuelo. Podría esperar.

Selina tenía una deuda con él. No se trataba de una gran cantidad de dinero, aunque el dinero era, sin duda, el motivo de su presencia allí, siendo el único pariente vivo del anciano fallecido.

Frustrado, entornó los ojos y contuvo el aliento mientras ella recorría con la mirada la línea de árboles donde se escondía. Tras lo que pareció una eternidad, sacudió la rojiza cabellera y echó a andar.

Rion intentaba apagar el deseo sexual que lo había sacudido como un rayo. Hubo un tiempo en que había creído que Selina era una pobre e inocente criatura sin padres ni nadie que se ocupara de ella, y con un abuelo que se movía por motivos personales. Había sentido lástima por ella. Pero eso había terminado. Menos de cuatro meses después de conocerse se había casado y ella le había traicionado.

Después de aquello la había borrado de su vida y su mente. Selina había estado muerta para él desde entonces. Pero al saber que acudiría al funeral de su abuelo, y tras conocer que poseía la capacidad para hacerle sufrir económicamente, dejándola sin nada en venganza por su traición, había decidido acudir él también a la isla. Sus labios dibujaron una mueca y los ojos brillaron con expectación. Una compañía femenina era una necesidad sexual para unas vacaciones relajantes y, ¿quién mejor que Selina? La desnudaría y se saciaría con su cuerpo de una vez por todas.

Había esperado mucho, pero al fin había llegado el momento. Iba a hacerla suya de nuevo, no aquella noche, pero sí muy pronto. Disfrutarían de la luna de miel que no habían planeado llegado a celebrar. Ella le debía al menos eso. Lo había engañado con su numerito de la tímida virgen y él la había tratado con guantes de seda durante el breve tiempo en que habían estado casados. Pero no había tardado mucho en demostrar lo retorcida que era, sobre todo en el momento del divorcio. En esa ocasión, él pondría las reglas. El guante había caído.

Selina había salido sonriente del agua, sintiéndose refrescada y relajada. Al divisar la constelación de Orión en el cielo, se había parado momentáneamente. En la mitología griega era el gran cazador de gran encanto y belleza que, en el momento de su muerte, había pasado a formar parte de las constelaciones por decisión de los dioses.

Nada que ver con el Orion que ella había conocido y cuyo encanto se equiparaba al de una serpiente de cascabel.

Tras contemplar las luces del puerto se volvió hacia los árboles sintiendo que se le erizaba el vello de la nuca. Se sentía vigilada.

Quizás no había sido tan buena idea bañarse en medio de la noche, pero la presión de los últimos días al fin le había hecho mella y el calor le había impedido dormir. Bueno, al menos era eso a lo que achacaba su sensación de inquietud, quizás para no enfrentarse a la muerte de su abuelo y los dolorosos recuerdos que había despertado regresar a Grecia. Aún recordaba con total claridad el día que había conocido a su abuelo, y que había marcado el inicio de un cuento de hadas que pronto se había transformado en pesadilla.

Había disfrutado de una infancia feliz con su madre, una hermosa y virtuosa cantante de ópera a la que había idolatrado, y su tía Peggy a la que adoraba. En realidad no era su tía, sino una cuidadora, encargada de la casa. Eso lo había descubierto a los cinco años.

Durante años había aceptado la versión de su madre sobre la muerte de su padre. Por eso había sufrido una enorme conmoción al conocer a Mark Stakis en el mes de su dieciocho cumpleaños. El anciano griego había confesado ser su abuelo y le había contado la verdadera historia de su nacimiento.

Su hijo, Benedict Stakis, había fallecido en un trágico accidente junto a toda su familia y no había sido hasta entonces que Mark Stakis había conocido la existencia de Selina.

Selina se había sentido muy dolida al comprender que su madre sabía que Benedict estaba vivo. Pero a cambio de una casa y de la manutención garantizada hasta que su hija cumpliera veintiún años, había tenido que firmar un acuerdo por el que se comprometía a guardar en secreto la identidad de Benedict, incluso ante su hija.

Selina regresó a la villa. En los últimos siete años había aprendido mucho de la vida

Qué ingenua había sido al conocer a su abuelo, pensó mientras cerraba la puerta de la residencia. Había pasado la Navidad en aquella casa, pero había sido lo ocurrido durante su segunda visita a Grecia lo que la había atormentado durante años. Pero eso se había terminado. Era una mujer independiente y tenía la intención de permanecer así.

Por su experiencia, los hombres buenos eran una excepción siendo la tónica cada vez más frecuente la existencia de hombres despiadados, ambiciosos e inmorales. Le bastaba con recordar la noche en que había conocido a Orion Moralis para confirmar su teoría.

Se había sentido muy emocionada al regresar a Grecia por segunda vez. Su abuelo, con quien residía en Atenas, había celebrado una fiesta en su honor, invitando a los Moralis.

Había conocido a Helen Moralis y a su hija, Iris, unos días antes y la joven le había propuesto ir juntas de compras. Las Moralis habían acudido a la cena con Paul Moralis, esposo y padre, respectivamente.

Orion, el hijo, había llegado tarde. Alto, misterioso y atractivo. Le había sonreído y hechizado con sus chispeantes ojos negros y a cada minuto que había pasado, se había sentido más y más atrapada en su red.

Tras la cena, se había excusado con el pretexto de una conferencia y su abuelo le había pedido a Selina que le mostrara el atajo por el jardín para salir antes.

Tras tropezar con los altos tacones que Iris le había aconsejado que se comprara junto con el atrevido vestido verde, Rion la había sujetado y, tomándola de la mano, finalmente la había besado.

Y ella se había enamorado perdidamente.

Incluso con el paso de los años, Selina se estremecía al recordarlo, no sin cierta repulsión. Enderezando los hombros, contempló la solitaria casa y subió las escaleras hasta el dormitorio. Al día siguiente se celebraría el funeral y tenía que aguantar todo el día. Tal y como Anna lo había expuesto, ella era el único pariente vivo del anciano y debía asegurarse de que el funeral fuera perfecto, como correspondía a un hombre de su talla.

Personalmente, a Selina no le parecía que tuviera una gran talla, pero cuando Anna, la gobernanta de su abuelo y única persona que había mantenido el contacto con ella tras marcharse de Grecia, le había telefoneado para comunicarle que el anciano estaba muy enfermo, no había sido capaz de rechazar su súplica para que acudiera junto a él. En esos momentos se alegró de haber llegado dos días antes del fallecimiento, pues habían tenido la oportunidad de hablar y, en cierto modo, reconciliarse.

Después, Selina había aceptado la sugerencia de Anna, quedándose en la villa para ejercer como anfitriona de las personas que acudirían al funeral. No era el momento de revivir los dolorosos recuerdos del pasado.

Rion aguardó a que Selina entrara por la verja del jardín y subiera las terrazas que conducían a la villa. Estaba en casa, sana y salva.

Volviendo sobre sus pasos, recordó la primera vez que la había visto y sonrió con amargura. Ese fatídico día había marcado el inicio de una serie de acontecimientos que habían desembocado en su desastroso matrimonio.

Selina no respondía al tipo de mujer por el que solía sentirse atraído, pero eso no había impedido que su cuerpo reaccionara nada más verla. La joven se había ruborizado al ser presentados, pero durante la conversación posterior había demostrado ser una mujer brillante.

Sabía que no debía besarla, pero lo había hecho. Con el tiempo, había comprendido que se había comportado como un adolescente al permitir que su cuerpo marcara la dirección. Tras un segundo beso, ella le había correspondido con ingenua pasión, admitiendo que era la primera vez que alguien la besaba, excitándolo aún más. Selina ni siquiera había intentado impedirle deslizar los labios por su fino cuello hasta la suave curvatura de sus pechos, ni cuando había introducido la mano bajo el vestido para acariciarle los pequeños y rosados pezones.

Solo con recordarlo se había vuelto a poner duro. Nunca antes había sentido tanto deseo sexual por una mujer, y nunca después lo había vuelto a sentir.

Se había declarado en esa misma isla pocos meses después y se habían casado el diecisiete de julio en la iglesia local, para regocijo de su padre y de Mark Stakis.

Con el tiempo, y no sin cierto cinismo, Rion había decidido que, dadas las circunstancias en que se habían conocido, y considerando su opinión sobre el sexo femenino, había sido ira más que sorpresa lo que había sentido nueve semanas después de la boda. Había regresado por la mañana temprano de un viaje de negocios, el día en que Selina cumplía diecinueve años, con la intención de sorprenderla con un diamante que había encargado personalmente para ella y con los preparativos para una luna de miel en las Seychelles.

Y la había sorprendido con un hombre, no más que un crío, en su cama.

En cuanto había conseguido sobreponerse al primer impacto, la había echado de su casa, por supuesto, e indicado al abogado que iniciara los trámites de divorcio. Y desde entonces ni la había visto ni había hablado con ella.

Pero sí le había sorprendido, y enfurecido, descubrir la ferocidad de la, supuestamente, tímida Selina a la hora de negociar las condiciones del divorcio.

Delante del abogado, y del abuelo, ella se había negado a firmar los papeles admitiendo el adulterio a cambio de un rápido divorcio amistoso. Y después había regresado a Inglaterra para consultar con su propio abogado, el padre de su mejor amiga, Beth, ambos invitados a la maldita boda.

El abogado de Selina había tenido la desfachatez de comunicarle al abogado de Rion que su representada solo aceptaría un divorcio sin declaración de culpas. De lo contrario, tendrían que verse las caras en el tribunal. La pequeña y taimada bruja había tenido la intención de contraatacar, citando la conducta adúltera de Rion con varias mujeres.

Su abogado le había aconsejado que, si bien Selina tenía pocas posibilidades de ganar, lo mejor sería aceptar sus condiciones y así evitar la publicidad que el caso generaría. El abogado de Selina poseía evidencias para apoyar la acusación: imágenes de páginas web que narraban las andanzas de Rion.

Una de ellas era con Chloe en un club nocturno, la misma noche en que había conocido a Selina. Chloe era citada puntuándole con un cuatro, en una escala de cero a diez, por sus habilidades sexuales. Otra imagen era de Rion discutiendo con un fotógrafo frente a otro club mientras Lydia, que en la actualidad estaba casada con Bastias, un poderoso banquero griego, contemplaba la escena. Además había otras dos imágenes con mujeres a las que no recordaba haber conocido, ni, por supuesto, haberse acostado con ellas.

Así pues, no le quedó más remedio que acceder al consejo de su abogado, aunque le había sacado de quicio tener que hacerlo. Amargamente había reconocido que internet era estupendo para hacer negocios, pero mucho más letal que los paparazis. Incluso en esos momentos le enfurecía recordar haber sido derrotado por una esposa adolescente.

Tras vaciar su mente de ella había vuelto a ser un hombre libre, y había continuado con su vida y expandiendo el negocio familiar. Pero tras la llamada de Kadiekis, y tras verla a ella de nuevo, para cuando estuvo de regreso en el yate, su mente estaba de nuevo repleta.

Entró en el camarote, se desnudó y se dio una larga y helada ducha...

Capítulo 2

SELINA mantuvo la cabeza inclinada mientras el féretro se hundía en la tierra.

La mayoría de los habitantes del pueblo había acudido al funeral, así como muchos miembros de la alta sociedad de Atenas, llegados en helicóptero. Selina sentía las miradas de todos sobre ella. Estaban atentos al momento en que rompería a llorar, como correspondía a una buena nieta. Pero ella nunca había sido una buena nieta. Era la bastarda de Inglaterra mantenida en secreto durante años.

Incluso tras la muerte de su madre, cuando ella contaba quince años, había continuado viviendo durante tres años más totalmente ignorante de la verdad de su nacimiento. Tras conocer a su abuelo ya no hubo nada seguro en su vida. Quizás por eso se había lanzado al matrimonio tan apresuradamente. Aunque aquello ya no importaba. Su abuelo había sido bueno con ella... a su manera, y antes de su muerte le había pedido perdón. Solo creía haber hecho lo mejor por ella.

Un error garrafal.

Pasados los años comprendió que todo se reducía a que era el único pariente vivo de Mark Stakis.

Desde luego los griegos parecían tener una seria predilección por las tragedias. Había tenido más dinero del que podía soñar tener la mayoría del mundo, pero no le había servido de nada. En lugar de construir una buena y sólida relación con su nieta, una vez descubierta la verdad de su vida, el anciano había añadido más secretos y mentiras. Ojalá se hubiera mostrado sincero desde el principio, reflexionó ella mientras una solitaria lágrima rodaba por su mejilla.

La voz del cura interrumpió sus pensamientos y Selina tomó un puñado de tierra que arrojó sobre el ataúd.

De pie junto al sacerdote, aceptó las condolencias de todos los asistentes que desfilaban frente a ella y les invitó a acudir a la villa. Por último, realizando un supremo esfuerzo, se obligó a mirar fríamente a los ojos al último asistente. Le había visto al fondo de la iglesia al concluir la ceremonia y, tras superar un primer instante de conmoción, había decidido ignorarle. Sin embargo, en esos momentos no tenía ninguna elección.

Orion Moralis, su exmarido, el hombre al que habría deseado no volver a ver jamás.

«Parece mayor», fue su primer pensamiento, «y está más espectacular que nunca», fue el segundo. Su mirada recorrió el casi metro noventa de puro músculo, cabellos negros y anchos hombros. Vestía un traje negro de seda, camisa blanca y corbata negra. A pesar del ardiente sol del verano, parecía conservar el frescor.

Rion era la clase de hombre que más detestaba. Seguro de sí mismo hasta la arrogancia, jamás escuchaba a los demás. Lo sabía por experiencia. Era un hombre acostumbrado a dar órdenes, a salirse con la suya. Pero a pesar de todo había algo en los enigmáticos ojos negros, en el arco de las cejas, en la curva de los labios y la forma de la barbilla que resultaba increíblemente atractivo. Sexy. Pero no para ella. Ya no.

—Siento tu pérdida, Selina —murmuró él con voz gutural.

Selina tendría que haber estado sorda para no percibir el sarcasmo en su voz.

—Gracias —respondió con la misma falta de sinceridad mientras su cuerpo se tensaba al sentirse agarrada de la cintura por las dos fuertes manos que la atraían hacia él.

Muy a su pesar, Selina sintió encenderse una hoguera en su interior ante la fuerza, el calor y el aroma que desprendía el masculino cuerpo. Sin ninguna duda supo que la iba a besar. Rion inclinó la cabeza y sus labios acariciaron primero una pálida mejilla y luego la otra.

—¿Qué haces? —espetó ella, furiosa con su propia reacción.

—Proteger mis intereses comerciales —le susurró él al oído—. Una muerte puede causar problemas en una empresa cuando hay desavenencias entre los accionistas, y tu abuelo era un accionista.

Qué típico de ese hombre. Desvanecida la emotividad, Selina estuvo a punto de soltar una carcajada, aunque no se atrevió.

Dando un paso hacia atrás, apartó las manos de Rion de sus hombros.

—No has cambiado nada —observó—. Los negocios son lo primero, lo último, lo único.

—No siempre. La última vez que estuve en esta isla, fue el día que me casé contigo, y te aseguro que no era ningún negocio lo que tenía en la cabeza.

Selina lo miró furiosa a los ojos, deseando no haberlo hecho. El deseo latente en la negra mirada le recordó otra época y, por un momento, no pudo desviar la mirada. Pero las siguientes palabras de Rion solucionaron el problema.

—Pero tienes razón, Selina, los negocios son mi pasión, por suerte para ti. Estás a punto de convertirte en una mujer rica, aunque seguramente ya lo sabías.

Seguía siendo el mismo cerdo arrogante y chovinista que ella recordaba, y también recordó otra cosa.

–Lo que yo sé es que para ser el hombre que juró no volver a verme o a hablarme nunca más, te estás mostrando increíblemente visible y locuaz –se burló.

Tras agradecerle al sacerdote la ceremonia que había oficiado, lo acompañó hasta una limusina que le aguardaba. Había casi dos kilómetros desde la iglesia hasta la villa y no pudo por menos que agradecer el frescor proporcionado por el aire acondicionado del coche. Tenía calor y estaba furiosa, y no únicamente por el sol.

La primera vez que había visto a Rion se había sonrojado. Pero se había jurado que nunca más le volvería a suceder. Sabía cómo era de verdad ese hombre. La mayoría se conformaría con haber nacido rico, pero Rion no. Era un demonio despiadado y manipulador que arrollaría a cualquiera que se interpusiera en su camino para conseguir más dinero y poder. Desde la separación había conocido a hombres mucho peores que Rion, admitió, pero todos movidos por el mismo deseo.

Hombres que perseguían sus propios deseos en detrimento de los demás y que eran claves en la vida que había decidido llevar.

A Selina no le faltaba cierta razón, admitió Rion con una sonrisa amarga mientras la observaba alejarse de su lado. El delicioso trasero oscilaba tentador bajo el ajustado y elegante vestido negro que llevaba. Sus piernas seguían siendo fantásticas y era más que evidente que había aprendido a caminar con tacones. Con los años había madurado hasta convertirse en una mujer increíblemente hermosa y elegante.

La decisión de Rion se hizo más sólida a medida que caminaba hacia la villa Stakis. Al abrazarla había percibido en los expresivos ojos que no se había vuelto del todo inmune a él. La atracción seguía allí.

Desde luego, seducir a Selina le iba a reportar una tremenda satisfacción. Cada hormona de su cuerpo se lo estaba pidiendo a gritos. También paladeaba el momento en que se rendiría a él y le pediría disculpas por haber tenido la osadía de intentar manchar su buen nombre al sugerir llevar el divorcio a los tribunales.

El recuerdo del primer consejo de su abogado, tildar a Selina de adúltera para el resto de su vida, fue convenientemente apartado de su mente, pero a cada paso que daba hacia la villa Stakis, la convicción de que Selina no se le escaparía se hacía más y más fuerte.

Selina presintió la entrada de Rion en el salón porque, muy a su pesar, no pudo evitar la inquietante sensación que crecía en ella cada vez que ese hombre se acercaba.

Impresionantemente atractivo, le acompañaba un aura de riqueza, poder y salvaje magnetismo animal. No pasaba desapercibido ni para las mujeres ni para los hombres, como confirmó el momentáneo cese de toda conversación.

Tras fingir escuchar al señor Kadiekis, el abogado de su abuelo, hablarle hasta la saciedad de su brillante hijo que acababa de terminar la carrera de Derecho, Selina se excusó con el pretexto de vigilar al servicio.

Casi había alcanzado la cocina cuando Rion se interpuso en su camino.

–Se te ve excitada, Selina. Te he visto hablar con el abogado de tu abuelo. ¿Te emociona la perspectiva del futuro que te aguarda? –preguntó con expresión arrogantemente burlona.

–No sé a qué te refieres –Selina lo miró a los ojos–, y tampoco quiero saberlo. Tendrás que disculparme, debo supervisar la cocina –contestó con educada frialdad.

–No. Lo que pretendes es evitarme, y no puedo por menos que preguntarme el motivo.

–Estamos divorciados, desde hace años, ¿lo has olvidado? –observó ella con sarcasmo–. Y, para serte sincera, no me gustas –concluyó con la esperanza de que la dejara en paz.

–Pues hubo un tiempo en que sí te gustaba –insistió él con un brillo en la mirada que paralizó el corazón de Selina–. Hubo un tiempo en que estuvimos tan unidos como puedan estarlo dos personas... y en más de una ocasión.

Durante un instante, la vívida imagen de los dos cuerpos desnudos entrelazados cruzó involuntariamente por la mente de Selina.

–Es verdad que nos separamos de malas maneras, pero yo he perdonado y olvidado hace años. ¿No podemos ser amigos?

¿Amigos? Rion debía estar de broma después del modo en que la había tratado. Reconoció el típicamente masculino brillo en su mirada, lo había visto en la mirada de muchos hombres. Pero ya no era una ingenua adolescente y sabía bien que no estaba buscando amistad. Sin embargo, no pudo evitar sentir una repentina opresión en el pecho y la aceleración del pulso.

Rion tomó una copa de vino de una bandeja que llevaba una camarera y se la ofreció.

–Venga, tomemos una copa por los viejos tiempos. Porque yo recuerdo que tuvimos buenos momentos –murmuró mientras deslizaba la mirada descaradamente por su cuerpo.

Selina sabía exactamente a qué se refería. Aceptó la copa sin pensar. Sus dedos se rozaron y un escalofrío atravesó su columna. Rápidamente tomó un sorbo mientras los viejos recuerdos, enterrados desde hacía mucho tiempo, volvían a poblar su mente. La conexión que había sentido al verlo por primera vez, el primer beso, el sexo, el escultural y bronceado cuerpo desnudo. Le había parecido un dios griego de sedosos cabellos negros y conmovedora mirada enmarcada por una cortina de espesas pestañas.

¿En qué estaba pensando? Selina se maldijo en silencio. No había nada conmovedor en Rion. ¿Por qué estaba rememorando los buenos tiempos que habían compartido cuando los malos los superaban con creces?

Selina llevaba ocho semanas casada con Rion cuando su padre se había jubilado, partiendo en un crucero alrededor del mundo con su esposa, Helen. Ellos se habían trasladado del piso de soltero de Rion a la casa familiar para vigilar a la hermanastra, Iris, que apuraba sus últimas dos semanas de vacaciones de verano antes de regresar al internado de Suiza en el que estudiaba. Durante la segunda semana, Rion se había marchado a Arabia Saudita por negocios.

Iris le había pedido permiso para invitar a unos cuantos amigos el jueves por la noche, para celebrar una fiesta de despedida antes de regresar al colegio. Rion no regresaría hasta el viernes por la noche, de modo que había accedido, no encontrando nada malo en ello.

Todavía recordaba al detalle cada instante de la mortificante escena cuando Rion había regresado inesperadamente temprano a la mañana siguiente. Al oír su nombre, había despertado de un profundo sueño para ver a un hombre medio desnudo escapar corriendo del dormitorio mientras Rion la contemplaba furioso a los pies de la cama.

—Rion... —ella había sacudido la cabeza confusa—. ¿Quién era ese?

—Tu amante —había espetado él con gesto hermético—. Levántate, arréglate y márchate de aquí. Nuestro matrimonio ha acabado. No quiero volver a verte o a hablar contigo jamás.

–No puedes decirlo en serio, ¡se trata de un terrible error! –había gritado ella.

Pero Rion se había dado media vuelta, marchándose sin decir una palabra más.

Selina recordó la humillación que había sentido al comprender que Rion había dado instrucciones al servicio para que la acompañara a la puerta antes del mediodía. También había dispuesto un coche para que la llevaran a casa de su abuelo como una mujer adúltera, el día de su decimonoveno cumpleaños. Inútilmente había intentado ponerse en contacto con él. No quería hablar con ella, ni escucharla, ni verla.

El desencanto definitivo se había producido al día siguiente, cuando al fin había logrado localizar a Iris. Selina le había asegurado a su cuñada que no se había acostado con ese joven, Jason. Se había ido pronto a la cama tras tomarse un par de analgésicos para mitigar los dolores menstruales. Y a la mañana siguiente, confusa y hecha un mar de lágrimas, había comprobado en la ducha que la protección femenina seguía en su sitio.

Iris se había echado a reír antes de admitir que Jason, el jardinero del vecino, era su novio. Después de que Selina se hubiera retirado de la fiesta, el resto de los asistentes había bebido mucho. Iris le había dado instrucciones a Jason para que esperara a que todos se hubieran marchado y que, tras darle diez minutos para prepararse, se reuniera con ella en su dormitorio, el segundo a la izquierda. Pero el muy idiota había entrado en el segundo a la derecha y se había metido en la cama de Selina antes de desvanecerse.

Jason le había confesado que le había despertado el ruido de pisadas en el pasillo y que al ver a una pelirroja junto a él, se había sentido aterrado, saltando de la cama y huyendo justo en el momento en que Rion entraba en la habitación.

Selina le había suplicado a Iris que hablara con Rion y le contara la verdad, pero la joven se había negado en redondo aludiendo que su vida no valdría la pena ser vivida. Rion se lo contaría a sus padres y no la dejarían salir durante meses, o incluso años. Lo mejor que podía hacer Selina era regresar a Inglaterra y a la universidad. Pasar página. Porque Rion no la amaba. Solo se había casado con ella para sellar un trato comercial con su abuelo.

Iris había oído a sus padres hablar de ello cuando pensaban que dormía en la parte trasera del coche, de regreso de la fiesta de compromiso de Selina y Rion. Había añadido que Rion de todos modos jamás le sería fiel porque, por mucho que adorara a su hermano, no podía dejar de reconocer que era todo un mujeriego. Para subrayar su argumento, había encendido el portátil y mostrado a Selina algunas de las imágenes que aparecían en internet de Rion con alguna compañía femenina.

Leer los comentarios que esas otras mujeres habían hecho sobre Rion resultó mortificante. En una imagen aparecía en un club nocturno con una tal Chloe. La fecha impresa se le grabó en el alma: correspondía a la noche en que se habían conocido. ¡Incluso entonces la había mentido! No se había marchado apresuradamente de la cena porque tuviera una conferencia, sino para reunirse con esa mujer.

Pero lo que había terminado por convencer a Selina fue una imagen de Rion discutiendo airadamente con un fotógrafo a las puertas de otro club, con una mujer llamada Lydia. Iris le había contado que Rion había estado enamorado de Lydia y que había tenido intenciones de casarse con ella. Pero Lydia se había casado con un banquero, Bastias.

De repente recordó que Rion le había presentado a

esa tal Lydia en un restaurante en una de las pocas ocasiones en que la había llevado a cenar fuera. Su corazón, ya roto, había terminado por estallar en mil pedazos, su amor destruido y reducido a cenizas.

Se había sentido destrozada, pero al mismo tiempo, furiosa consigo misma por ser tan estúpida y, al regresar a Inglaterra, se había hecho el firme propósito de vengarse de Rion por su arrogancia. Increíblemente, lo había conseguido y, si bien no había servido para recomponer su corazón roto, sí la había ayudado a recuperar la confianza. Selina recordó todo aquello mientras apuraba la copa de vino que Rion le había ofrecido. Era mucho más fuerte gracias a la experiencia vivida y ya no tenía nada que temer. Ese hombre no merecía ni un segundo de su tiempo.

Rion la había engañado y utilizado. Así de sencillo.

—Tú y yo nunca fuimos amigos, Rion —contestó secamente—. Y yo jamás he necesitado tu perdón. Si acaso, al revés. Pero, tal y como has dicho, eso fue hace mucho tiempo y ya está olvidado.

—Venga ya, Selina.

Rion la agarró por la cintura y la atrajo hacia sí. Selina sintió el calor del masculino cuerpo atravesar la reducida distancia que les separaba y su corazón falló un latido.

—Te encontré en la cama con otro hombre, no al revés, tal y como intentaste sugerir durante el proceso de divorcio.

—Yo no tuve que sugerir nada —la arrogante burla devolvió a Selina a la cruda y fría realidad—. Todo el que conocía tu reputación me creyó. Sin embargo, tú no perdiste la ocasión de acusarme de adúltera simplemente porque un chiquillo borracho se había desmayado en la cama equivocada.

—Parece que me conoces muy bien, Selina —Rion

sonrió y apartó las manos de su cintura, pero en sus ojos no había ningún rastro de humor. Eran fríos como el hielo.

–El problema es que nunca llegué a conocerte –Selina sacudió la cabeza–, pero eso ya no importa –añadió–. Y ahora, debo supervisar la cocina.

Rion contempló el rostro sonrojado con los ojos entornados. Era increíble la desfachatez que mostraba intentando justificar lo injustificable con la débil excusa de un borracho desmayado en su cama. Nadie se lo tragaría. Lo único que había conseguido era aumentar su ira y su decisión de tenerla de nuevo en su cama.

–Ya lo creo que importa –él se encogió de hombros y se apartó–. Pero puedo esperar.

¿Esperar? ¿Para qué? Selina no lo comprendía. No tenían nada que decirse, en realidad nunca lo habían tenido. Ella había sido una adolescente ingenua que se había enamorado locamente del primer hombre que la había besado, y a Rion le había venido bien en su momento casarse con ella. Sin embargo, a la primera ocasión la había desechado, tomándola por idiota, porque ya había logrado la empresa que deseaba poseer y eso era lo único importante para él. Pero, ¿por qué estaba perdiendo el tiempo pensando en el pasado? En un par de días podría regresar a su vida, allí donde la necesitaban de verdad.

Pasó ante Rion con la cabeza alta y entró en la cocina. Saludó a Anna con una sonrisa y sacó una botella de agua de la nevera para servirse un vaso que se bebió casi de un trago.

–Parecías necesitarlo –observó Anna mirándola con ternura.

–Tienes razón, Anna –Selina suspiró–. Nunca pensé que la ceremonia fuera a ser tan larga. Creí que iba a desmayarme junto a la tumba por el calor –no había te-

nido nada que ver con el odioso Rion y la discusión que
acababan de protagonizar.

–No me extraña. Ha sido un día muy estresante. Pero
esconderte aquí no servirá de nada.

–No me escondo, solo descanso un poco de tanto invitado. Además, a la mayoría ni siquiera la conozco –se
defendió ella.

Sin embargo, de lo que no le cabía ninguna duda era
que todas esas personas estaban al corriente de su sór-
dida historia, de hija ilegítima a esposa adúltera.

–Conoces muy bien a uno de los invitados: Orion
Moralis. Lo siento, debe haber sido muy duro verlo
aquí. Jamás pensé que acudiría al funeral, porque después de que te marcharas, no volvió a mencionar a tu
abuelo. Supongo que será lo socialmente correcto.

–Más bien se trata de negocios –contestó Selina secamente–. Y no tienes por qué disculparte. He hablado
con Rion y hemos quedado como amigos. Todo va bien
–mintió.

–Menos mal. Su yate atracó anoche. Según el jardinero, que habló esta mañana con un miembro de la tripulación, se dirigían de vacaciones a Egipto, pero des-
viaron el rumbo. A mí me pareció mucha molestia para
asistir al funeral de un hombre al que no había visto en
años. Me preocupaba que se tratara de otra cosa y no
quería verte herida de nuevo.

Anna conocía la verdad sobre el breve matrimonio.
Había sido el paño de lágrimas de Selina cuando la habían devuelto tan vergonzosamente a su abuelo, y creía
en su versión.

–No hay peligro de que eso suceda –le aseguró Selina poniéndose en pie–. Concluido el funeral y arreglado todo, me marcharé mañana por la mañana. Tengo
reservado un vuelo para Inglaterra por la noche. Así po-
dré pasar una semana con la tía Peggy antes de regresar

al trabajo. Te prometo, Anna, que no tienes nada de qué preocuparte. Podrás seguir cuidando de la villa hasta que desees jubilarte. Sé que mi abuelo se habrá ocupado de ti –lo sabía a ciencia cierta porque el anciano se lo había confesado antes de morir–. Y ahora debo regresar con los invitados. Con suerte, no tardarán en marcharse.

–Buena idea. Les diré a mis chicas que no sirvan tantas copas. Eso suele funcionar.

Cuadrando los hombros, Selina regresó al salón principal que daba a una amplia terraza sobre la bahía. Muchos de los invitados estaban fuera.

Enseguida vio a Rion. Era más alto que los demás y charlaba con dos hombres, seguramente de negocios. Por los escasos actos sociales a los que la había llevado, sabía que era lo único de lo que era capaz de hablar.

Un hombre de cabellos grises se unió al grupo. El hombre dijo algo y Rion soltó una carcajada.

Selina sintió una ligera oleada de calor. Si había algo innegable era lo impresionantemente atractivo que era. Se recriminó en silencio por seguir reaccionando ante ese hombre y, aun así, fue incapaz de desviar la mirada. Algo que lamentó no haber hecho en cuanto vio aparecer a Lydia que se acercó a Rion y le besó la mejilla.

Selina se puso rígida. ¿Cómo no se había percatado de la presencia de Lydia en el funeral? Tampoco había visto al hombre mayor que la sujetaba del brazo, seguramente el sufrido marido.

Pobre idiota, pensó Selina mientras la sangre se le helaba en las venas. Justo en ese instante, Rion la miró fijamente, con un brillo burlón en los ojos y alzó la copa hacia ella. ¿Un saludo o una invitación para unirse al grupo? Ni lo sabía ni le importaba. Se dio media vuelta y volvió a entrar en la casa.

Una hora más tarde los invitados empezaron a marcharse en medio del estruendo de las hélices de helicópteros. Selina sonreía y atendía a las sentidas despedidas hasta que le dolió la mandíbula. Al fin solo quedó el señor Kadiekis y algunos parroquianos que charlaban con Anna y sus hijas.

—¿Aún sigues aquí, Rion? —Selina frunció el ceño cuando su exmarido le bloqueó el paso. Sin embargo, el pulso no se le alteró lo más mínimo—. Pensé que ya te habrías ido. El jardinero nos contó que habías interrumpido tu crucero por asistir al funeral. Eso ha sido muy noble por tu parte, pero no permitas que te retrasemos más tiempo.

Rion enarcó una ceja y apoyó el hombro contra la pared.

—Tu preocupación es conmovedora, Selina, pero no tengo prisa. Es evidente que tienes cierta afinidad por los jardineros pues tu información es correcta.

Si había pretendido irritarla con un comentario de tan mal gusto, estaba perdiendo el tiempo. Era totalmente inmune a él.

—Acepta un consejo, Rion, un funeral no es el mejor modo de empezar unas vacaciones. Puedes marcharte en cuanto lo desees —sentenció ella con sorna.

Rion se estiró en un intento de aliviar el dolor casi permanente que se había instalado en su ingle desde que había visto a Selina, vestida con el sensual bikini, en la playa la noche anterior. Durante un segundo un vívido recuerdo asaltó su mente. En una ocasión se había presentado ante él llevando únicamente unas sencillas braguitas blancas y un sujetador blanco de algodón, la viva imagen de la inocencia. La recordó con la piel ruborizada y suave como la seda bajo sus manos mientras la desnudaba por completo en esa misma isla. Y se sintió atravesado por una indefinible emoción. ¿Sería remordimiento?

No, decidió enseguida, simplemente deseaba a Selina de nuevo, y estaba decidido a hacerla suya por las buenas o por las malas. Y pronto.

–Esa es mi intención –asintió él–. Pero, dado que pareces estar libre de cualquier compañía masculina en estos momentos, pensé que podrías acompañarme en el yate, como viejos amigos –con un dedo retiró un mechón de los rojizos cabellos del hermoso rostro–. Ya no eres ninguna adolescente, Selina. Te has convertido en una hermosa mujer llena de vida. Me gusta el cambio –añadió con voz ronca–. Y la atracción sigue viva entre nosotros. Podríamos divertirnos. ¿Qué me dices?

La inquisitiva mirada de Rion estudió atentamente el bello rostro que se había vuelto hacia él. En una situación ideal, Selina aceptaría, pero en aquella ocasión casi esperaba una furiosa negativa. La expresión de su rostro no revelaba nada y ni siquiera pestañeaba.

–La muerte de tu abuelo debe haberte resultado estresante. Un par de semanas de crucero te ayudará para desconectar, y podremos conocernos de nuevo.

Selina seguía sin responder y, poco a poco, Rion comprendió que no estaba reaccionando tal y como él había esperado. En realidad no estaba reaccionando en absoluto.

–Es una oferta muy generosa, pero no me interesa, gracias –contestó ella con suma corrección, aunque sus habitualmente expresivos ojos permanecían extrañamente opacos.

Desde la primera vez que se habían conocido, la atracción sexual entre ellos había sido instantánea, y al volver a encontrarse tras años de separación, Rion había reconocido la sensualidad que seguía sintiendo cada vez que tocaba a Selina. Sin embargo, en esos momentos, lo que presentía en ella era una total indiferencia. Su mandíbula se encajó de rabia y frustración.

¿Cómo lo hacía Selina? Sentía ganas de agarrarla y

sacudirla, pero, sobre todo, deseaba hundirse profundamente dentro de ella.

Tras hablar con Kadiekis sobre el mensaje que le había enviado, había sabido de inmediato que podría utilizar la información en su beneficio, de modo que decidió quitarse la careta del amigo y jugar sucio. Cualquier sentimiento de culpabilidad que pudiera haber sentido por explotar la situación de Selina en su propio beneficio había quedado anulado por el comportamiento de ella en el pasado. Nadie le vencía, ni en los negocios ni en ningún otro aspecto de su vida. Pocos lo habían intentado, pero su inocente mujercita lo había hecho con unas malas artes que jamás habría sospechado que poseía. Y por fin había llegado su turno.

–Piénsalo, Selina, quizás cambies de idea por tu propio bien –sugirió él con voz dulce.

Volvería a ser suya. Le iba a hacer olvidar a todos los hombres que hubiera conocido. E iba a disfrutar hasta que se cansara de ella y la echara de su vida para siempre.

Selina percibió el tono de amenaza en su voz, pero no le importó.

–No aguantes la respiración –se burló ella.

Rion ya no significaba nada para ella y se volvió para marcharse. No le interesaba él ni nada que tuviera que decirle.

Pero antes de que pudiera alejarse, el señor Kadiekis se lo impidió.

–Selina, querida, y Rion –asintió el abogado–. Me alegra ver que os lleváis tan bien. Eso hará que todo resulte mucho más fácil.

¿Resulte más fácil él qué?, se preguntó Selina, pero Kadiekis continuó hablando y ella ya no tuvo más oportunidades de preguntarse nada.

–No quiero meterte prisa, Selina, pero mi helicóptero llegará en menos de una hora. Si pudiésemos reunirnos ahora mismo en el estudio de tu abuelo, podría explicarte su testamento y responder a cualquier pregunta que pueda surgirte.

–Sí, de acuerdo. Iré a buscar a Anna –se ofreció Selina.

–No será necesario, ya podrás darle la información relevante después.

Selina percibió un destello de inquietud en los ojos del abogado que, para su sorpresa, sí solicitó la presencia de Rion.

Oyó a Rion mostrar su acuerdo, pero no pudo ver la mirada triunfal que le dedicó mientras el señor Kadiekis la conducía hasta el estudio.

Capítulo 3

EL SEÑOR Kadiekis tomó asiento tras el escritorio del abuelo de Selina y Rion se acomodó en el raído sofá. Ignorándolo por completo, ella se sentó en una silla, aún perpleja ante la presencia de Rion y la ausencia de Anna.

Media hora después, Selina ya no estaba perpleja. Estaba furiosa. Su abuelo había vuelto a mentirle.

Tras décadas de fiel servicio por parte de Anna y su esposo, fallecido en el mismo accidente que su propio hijo, Mark Stakis ni siquiera había mencionado a la mujer en su testamento. De saberlo, se sentiría profundamente herida y Selina decidió que jamás averiguaría lo desagradecido que había sido el viejo canalla, no tanto por la reputación de Mark Stakis, sino por la tranquilidad de Anna. Haría lo necesario para garantizarle la seguridad que se había ganado tan merecidamente.

Selina lo había heredado todo, algo que no había esperado ni deseado. Quizás el abuelo supiera que se ocuparía de Anna, pero eso no obviaba el hecho de que le hubiera mentido.

En cuanto a la herencia, en realidad era un arma de doble filo. A Mark Stakis apenas le quedaban bienes, y todo el dinero estaba bien atado. Según el señor Kadiekis, en los últimos años su abuelo se había aficionado a las apuestas de todo tipo. En consecuencia, la casa de Atenas había sido vendida hacía tiempo y la villa hipotecada. Sus únicos ingresos eran los beneficios semestrales que le reportaban las acciones de la empresa Moralis que, en palabras del abogado, por suerte estaban controladas por Moralis.

Por suerte... Selina desde luego no se sentía afortunada. Apenas podía creérselo. Sin embargo, había captado el destello burlón en los ojos de Rion y sabía que todo era cierto. Iba a tener que enfrentarse a la situación. Luchando por controlar su ira, hizo un repaso mental de sus opciones, que eran bien pocas. Le sugirió a Rion que recomprara las acciones para que ella pudiera ocuparse de Anna, pero Rion se negó con el pretexto de que sería mejor discutirlo más tarde.

El señor Kadiekis manifestó su convicción de que encontrarían una solución a la que él se atendría, pero tenía que subirse a un helicóptero y dio por concluida la reunión rogándole a Rion que se pusiera en contacto con él en cuanto hubieran alcanzado un acuerdo.

Selina estaba furiosa. Acompañó al abogado a la calle mientras su mente trabajaba a mayor velocidad de lo que giraban las aspas del helicóptero posado sobre el césped. Aturdida por lo que acababa de averiguar, observó al abogado desaparecer en el interior del aparato que despegó de inmediato.

Al regresar a la casa encontró a Rion apoyado contra el quicio de la puerta, observándola.

—Creo que ha llegado la hora de que tú y yo tengamos esa charla, Selina Taylor —se burló, utilizando el apellido de soltera que figuraba en el testamento.

«Maldito y horrible testamento...», pensó Selina apretando los labios. Intentó regresar al interior de la villa, pero no había dado más que un paso cuando Rion la agarró del brazo.

—Suéltame —exclamó ella furiosa mientras intentaba soltarse—. Tú lo sabías, bastardo.

—Insultarme no te ayudará, Selina. Solo yo puedo hacerlo –una cínica sonrisa se reflejó en su rostro–. Y harías bien en no olvidarlo.

Selina se rindió. Por mucho que odiara admitirlo, necesitaba el consentimiento de Rion.

–Como siempre, tienes razón y lo siento –se disculpó casi atragantándose con sus palabras. Enfrentarse al poderoso Orion Moralis no la llevaría a ninguna parte.

–Disculpas aceptadas.

–¡Cerdo magnánimo! –exclamó ella en voz baja antes de continuar en un tono frío y comedido que nada tenía que ver con la rabia que latía en su corazón–. Achácalo a la impresión. No es habitual que a una mujer de veinticuatro años se le asigne un tutor.

–Es comprensible –Rion se encogió de hombros y la soltó–. Supongo que no querrás que Anna nos oiga antes de que hayamos alcanzado un acuerdo satisfactorio. Demos un paseo. El pabellón no está lejos y es un lugar aislado, o al menos así lo recuerdo yo –sin decir una palabra más echó a andar, seguro de que ella lo seguiría.

Furiosa y maldiciendo en silencio, Selina dio un traspiés. No tenía nada que ver con la mención del pabellón, un lugar donde Rion la había besado hasta dejarla sin sentido... y mucho más. ¡Maldito fuera! Había vuelto a sacarla de quicio. Se comportaría con calma y frialdad hasta conseguir que él accediera a sus planes y se marchara.

Rion se volvió y la sujetó para impedir que cayera, y Selina se olvidó de su firme propósito e intentó soltarse, pero, aprisionada por el atlético brazo, fue incapaz,

–Compórtate, Selina –le ordenó él–. Para convencer a Anna debemos presentar un frente común y peleándonos no vamos a conseguirlo.

De nuevo tenía razón y ella caminó resignada a su lado, muy consciente de la imponente presencia de Rion que continuaba hablando.

–La mayoría de la gente diría que no tienes de qué preocuparte. Tu abuelo te ha dejado el cinco por ciento de las acciones de la corporación Moralis, y te aseguro que proporciona unos sustanciosos beneficios. El que Stakis vendiera la casa de Atenas e hipotecara la villa al perder todo su dinero en el juego me era totalmente desconocido hasta hoy.

Todavía furiosa ante lo injusto de la situación, Selina contempló el hermoso rostro y sintió otras emociones que prefirió no admitir. La expresión de Rion era inescrutable y, aun así, exudaba un aura de poder y masculinidad difícil de ignorar. Y sin embargo, eso fue lo que hizo ella. Ya sabía lo que había y no volvería a aquello nunca más. Era inmune...

Aquello era puramente negocios, se recordó con firmeza. Claro que nada en lo que estuviera implicado Rion era puro, pensó amargamente.

–Puede que no supieras nada sobre su adicción al juego, pero sí sabías que redactó el testamento el fin de semana de nuestra fiesta de compromiso, y también sabías que nunca lo alteró –le espetó Selina mientras él la seguía agarrando con firmeza del brazo y la arrastraba hacia el pabellón–. Ya no tengo dieciocho años, Rion, no me sigas tomando por estúpida. Seguramente insististe en mantener el control de las acciones durante doce años como parte del trato que hiciste con mi abuelo al casarte conmigo y tomar posesión de su empresa.

Rion se paró en seco, tensos todos los músculos de su cuerpo, a pocos metros del pabellón. Soltó a Selina y apretó los puños ¿Cómo demonios había averiguado lo del trato que habían organizado su padre y Stakis? Solo tres personas estaban al corriente, y su padre jamás hablaría. Rion tampoco lo había hecho...

–¿Quién te ha contado eso? –exigió saber.

Tenía que haber sido Stakis. Nunca le había gustado

ese hombre. Era un demonio desalmado, lo sabía muy bien, pero contarle a su propia nieta que la había utilizado para sellar un trato comercial era cruel... y tampoco se ajustaba estrictamente a la verdad.

–No me enteré hasta después de habernos casado, desde luego –libre del agarre de Rion, Selina lo miró furiosa–, y quién me lo dijo no es relevante. El hecho de que no lo hayas negado me basta –añadió–. Convencer a mi abuelo para que te nombrara administrador de las acciones que pudiera heredar hasta que cumpla los treinta, debo admitir que fue una obra maestra de los negocios. No me puedo creer que ese abogado afirme que es legal. ¡Por el amor de Dios! Estuvimos casados y nos divorciamos. Y, ¿de dónde saca Kadiekis la idea de que nos llevamos tan bien? Solo puede haberla sacado de ti...

El rostro de Rion permanecía impasible, pero sus labios mostraban evidentes signos de tensión.

–A no ser que quieras que todo el mundo te oiga vociferar, te sugiero que pasemos dentro –exclamó él secamente, mientras la empujaba al interior del pabellón.

Selina se quedó parada y miró a su alrededor casi sin aliento. Todo estaba como siempre. Los mismos cojines azules, algo descoloridos, se amontonaban sobre el sofá cama arrinconado contra la pared del fondo del pabellón. La única otra pieza de mobiliario era una mesa de madera con una maceta encima que contenía una planta muerta. El pabellón había sido construido para la abuela que Selina no había llegado a conocer. Según Anna, los últimos años de vida la pobre mujer sufría del corazón y de una artritis paralizante. La vista de la bahía desde el pabellón había sido su preferida. Murió, por suerte para ella, tres años antes que su hijo y su familia.

Aquel no era un lugar feliz y Selina estaba convencida de que albergaba fantasmas.

Rion se sentó y se quitó la chaqueta y la corbata. Necesitaba tiempo para asimilar el hecho de que Selina hubiera descubierto lo del trato matrimonial.

Lo gracioso había sido que, una semana después de haber conocido a Selina, hubiera hecho cualquier cosa por acostarse con ella de tanto como la había deseado.

Cuando al fin había conseguido sus propósitos, había perdido el control hasta tal punto de practicar el sexo sin protección. Ante la perspectiva de un embarazo que complicara todo, le había pedido que se casara con él. Selina se había mostrado exultante, y su padre y Stakis encantados. A Rion no le hubiera importado tener un hijo, un heredero, algún día y, siendo Selina virgen, al menos se aseguraría de que fuera suyo.

Quizás el descubrimiento del contrato de matrimonio había sido lo que le había empujado a engañarlo con otro hombre. Se había mostrado muy ingenua, muy abierta en sus manifestaciones de amor. Pero después del divorcio, Rion se había dado cuenta de que su enamoramiento solo había sido hacia la introducción en el sexo. Aún con todo y con eso, había supuesto un soplo de aire fresco en comparación con las mujeres a las que había conocido antes. Debió haberse sentido herida y defraudada al saber que su matrimonio formaba parte de un trato comercial, y por eso se había vengado de él.

Y lo había traicionado, algo que jamás podría olvidar ni perdonar. Y no una vez, sino dos. Primero por meterse en la cama con otro hombre y luego al negociar el divorcio.

En esos momentos lo único que deseaba de ella era su cuerpo, y estaba perdiendo el tiempo.

Selina se volvió y contempló el paisaje. El interior del viejo pabellón albergaba demasiados recuerdos y necesitaba salir de allí cuanto antes.

—No voy a vociferar. Tan solo quiero acabar cuanto antes con esto —respondió al fin. Oyó al fondo del pabellón el crujido de los cojines mientras Rion se sentaba, pero no se volvió–. Mi única preocupación son Anna y su familia. Como te dije, puedes recomprar tus acciones y...

–Basta ya, Selina –la interrumpió Rion–. Por mucho que me guste tu bonita y larga melena, me niego a hablar con tu espalda. Siéntate y discutiremos el problema como dos adultos.

El problema, pensó Selina, era que Rion era su problema. Ignorando el cumplido sobre sus cabellos, respiró hondo en un intento de conservar la calma. Desgraciadamente, necesitaba llegar a un acuerdo por el bien de Anna, de manera que se volvió lentamente hacia él, quedando sin aliento al verlo.

Tras quitarse la chaqueta y la corbata, se había desabrochado algunos botones de la camisa, dejando al descubierto el robusto cuello y el comienzo de un rizado y negro vello en el pecho. Tenía las piernas estiradas y parecía muy relajado...y prohibitivamente sexy.

Selina se puso tensa y controló el rubor que ascendió por sus mejillas ante las ideas que le evocaba la visión de Rion. En un supremo esfuerzo de autocontrol, levantó la vista y lo miró a los ojos, pero en los negros ojos no había relajación sino un brillo, frío y depredador, que le hizo sentirse amenazada y atemorizada a un tiempo.

–No voy a asaltarte, Selina. Puedes sentarte. Creo recordar que la última vez que estuvimos aquí no te mostraste tan recelosa.

Había percibido su miedo. Ese maldito hombre era capaz de leer su mente.

–Era una tonta y una ingenua –contestó ella lentamente, consciente de que si esperaba ganarse a Rion, no podía ponerse a discutir por trivialidades. Reticentemente se sentó, dejando todo el espacio posible entre ambos–. Pero, para que nos entendamos, la edad y la experiencia me han enseñado a ser precavida. Y ahora, ¿podemos hablar de negocios?

Bajo la aparente calma, Selina bullía de ira. No necesitaba que le recordaran que en ese pabellón, Rion le había hecho el amor por primera vez y luego pedido que se casara con él. Perdidamente enamorada, había accedido. Tiempo después había comprendido que la había seducido y pedido en matrimonio por motivos comerciales. Y con los años había aprendido mucho más sobre el comercio del sexo de lo que querría saber.

—Nunca fuiste tonta, Selina, al revés. A mí nadie me gana, pero tú sí lo hiciste —Rion la miró secamente—. A pesar de todo, este lugar me trae muchos recuerdos. Recuerdo cuando tuvimos sexo por primera vez. Te entregaste a mí con tanta dulzura y entusiasmo que me volviste loco.

Selina fue incapaz de mirarlo a los ojos y optó por contemplar la bahía. El mar brillaba bajo los dorados rayos del sol poniente.

¡Entregarse con dulzura! ¡Volverle loco! Hubo un tiempo en que lo había creído de todo corazón. Rion la había besado y el mundo había dejado de existir. Entre beso y beso, había abierto el sofá cama y la había desnudado, animándola a que hiciera lo mismo con él. Maravillada, había contemplado el magnífico cuerpo desnudo que se había unido a ella sobre la cama. Convencida de que había nacido para ese momento, para ese hombre, se había entregado apasionadamente, totalmente embelesada por él.

Seis años atrás había estado perdidamente enamorada de Rion y totalmente convencida de que él compartía sus sentimientos. Fue después, mucho después, cuando comprendió que había sido seducida por un maestro y el dolor le laceró el corazón. Durante meses se había preguntado cómo había podido ser tan estúpida como para creer que un atractivo y millonario magnate de los negocios como Rion Moralis se había casado con ella por amor.

Tras la boda se habían instalado en el piso de soltero de Rion, quien había continuado con su vida habitual, trabajando dieciséis horas al día y viajando por negocios, mientras que ella se dedicaba a hacer turismo durante el día y a esperar su regreso durante la noche.

Al principio había preparado la cena cada noche, hasta que Rion había sugerido que dejara de hacerlo porque casi nunca sabía a qué hora regresaría. Lo más sencillo era encargar la comida, como solía hacer antes de casarse. Durante la semana de pesadilla que siguió a su ruptura, Selina había recordado que, durante todo el tiempo que habían estado casados, solo la había llevado a cenar a algún restaurante en tres ocasiones y dos veces a una fiesta. Seguramente había pasado más tiempo con cualquiera de sus otras aventuras femeninas que con ella.

Pero la gota que había colmado el vaso había sido cuando le informaron de que Rion deseaba un divorcio rápido basado en su adulterio.

¿Quién necesitaba a los hombres? Su padre había pagado por no conocerla, y su abuelo y su marido la habían utilizado para su propio beneficio.

Lo que le había permitido conservar la cordura había sido la ira y la injusticia de todo el asunto. Había regresado a Inglaterra y le había contado todo a Beth quien, a pesar de haberle advertido en su momento de lo precipitado de la boda, no se lo había echado en cara. Con el tiempo había comprendido que debía haber escuchado a Beth y no seguir adelante, convencida de que todos sus sueños se habían hecho realidad.

La situación se había convertido en una pesadilla y, siguiendo el consejo de su amiga, había contactado con el padre de esta, un abogado especializado en Derecho Internacional. Con su ayuda había encontrado el valor para contraatacar. No le había aliviado el dolor en el corazón, pero sí había hecho maravillas con su autoestima.

Rion era atractivo, fuerte y muy superior en experiencia. Selina se había enamorado de él la noche en que se habían conocido. Pocos días después la había llamado y luego invitado a cenar un par de veces. Tres semanas después de conocerse, Rion había aceptado la invitación del abuelo para pasar un fin de semana en la villa. Y allí la había seducido...

El resto era historia y lo único que importaba ya era el presente.

—Corta el rollo sensiblero, Rion, y vayamos al grano —espetó Selina secamente.

No iba a hacerle creer que podría seducirla con palabras bonitas. Ya no era esa cría. Había hablado de la primera vez que habían tenido sexo, no de hacer el amor, tal y como ingenuamente había creído ella que había sucedido. Y eso le reafirmó en la opinión que tenía de él mientras le sostuvo desafiante la mirada.

La atmósfera estaba cargada de tensión sexual y algo en el fondo de los ojos negros hizo que la temperatura de Selina subiera, seguida de cerca por su ira. Tragando con dificultad, recuperó el control. Rion era capaz de advertir el menor signo de debilidad a más de un kilómetro y no estaba dispuesta a darle la satisfacción de que supiera que aún le afectaba su presencia. Los negocios eran su especialidad, y también iban a ser los de ella.

—En contra de lo que piensas, no quiero nada para mí, pero sí me preocupan Anna y sus hijas. Significan más para mí de lo que significó jamás mi abuelo. No contento con organizar mi boda contigo, me mintió descaradamente en el lecho de muerte diciendo que se había ocupado de Anna —Selina sacudió la cabeza contrariada—. Anna, por descontado, debe permanecer en la villa y, como administrador durante los próximos años, necesito que me asegures que los dividendos de las acciones cubrirán la hipoteca y me permitirán entregarle a Anna una cantidad decente de dinero y pagarle el sueldo mientras ella quiera seguir trabajando. Quiero que recompres tus acciones lo que, espero, me proporcionará el dinero suficiente para saldar todas las deudas y ocuparme de Anna. Así no tendré que volver a verte jamás. Decídete pronto. Sé lo valioso que es tu tiempo –no pudo resistirse a un último comentario sarcástico–. Además, tengo un vuelo reservado que sale de Atenas mañana por la noche, y quiero dejarlo todo solucionado antes.

Rion se irguió bruscamente y posó la mirada sobre Selina. En su interior se debatían emociones encontradas y no le gustaba. Esa mujer era preciosa. Los cabellos rojizos enmarcaban el bonito rostro y los suaves pechos se adivinaban bajo el vestido de seda. Las larguísimas piernas estaban elegantemente cruzadas a la altura de los tobillos. Había cierta reserva en ella, pero también una sensualidad innata que no podía ocultar y sintió aumentar el calor en su entrepierna, la tirantez de la excitación sexual. La pequeña barbilla apuntaba a lo alto y lo miraba con frialdad.

Rion frunció el ceño. La inocencia que había admirado al conocerla había desaparecido, comprendió con una punzada de lamento, aunque no de sorpresa. Selina había tenido la osadía de afirmar que no quería volver a verlo y sin embargo era él el damnificado. La había pillado en la cama con otro hombre y debían haber sido unos cuantos desde entonces...

Al permitir que su ira ante la infidelidad invadiera su mente, recuperó el control de su cuerpo. La haría suya, disfrutaría de ella y luego la echaría de su vida para siempre. Pero antes sentía cierta curiosidad por saber para qué necesitaba el dinero.

–Anna no me preocupa –respondió él finalmente–,

aunque al parecer a ti sí. Lo que me resulta curioso es que necesites el dinero tan rápidamente. Te proporcioné una generosa suma por las escasamente nueve semanas de nuestro matrimonio. Me gustaría saber qué has estado haciendo desde el divorcio para habértelo gastado todo.

Estiró descuidadamente un brazo sobre el respaldo del sofá y dejó la mano apoyada en el hombro de Selina. De inmediato, sintió el ligero estremecimiento de su delicado cuerpo.

–Como bien sabes, soy un hombre de negocios y no malgasto mi dinero –observó cómo ella bajaba la mirada y supo que no se sentía tan indiferente como aparentaba. Y esperó...

Selina ya no estaba relajada. Quería arrancar la mano de Rion de su hombro, pero los años le habían enseñado a no mostrar debilidad en lo concerniente a los hombres. Así pues, le contó la verdad.

–Fui a la universidad, tal y como tenía pensado hacer en un principio. La tía Peggy me informó una semana antes de la boda de que había aprobado los exámenes de ingreso y que tenía una plaza. Sugirió que la aceptara y que hablara contigo más adelante. Accedí solo por contentarla –admitió–. Te lo mencioné aquella misma noche, pero apenas me escuchaste, ocupado con el ordenador y las llamadas telefónicas... como de costumbre –le dirigió una mirada cáustica–. Cuando regresé a Inglaterra a finales de septiembre, por suerte, conseguí incorporarme a esa plaza. Tres años después me licencié y desde entonces viajo por el mundo como traductora. El chino y el árabe son idiomas muy cotizados. Me gano bien la vida y el grueso del dinero que me diste lo entregué a obras de caridad para la infancia.

Selina se encogió de hombros con la esperanza de sacudirse de encima el calor de la mano de Rion sobre su piel. Pero no tuvo suerte.

Orion Moralis, triunfador hombre de mundo, se quedó momentáneamente mudo. No tenía ni idea de que Selina hubiera aceptado una plaza en la universidad. Había dado por hecho que al casarse con él había abandonado toda intención de proseguir sus estudios. ¿Tan arrogante e insensible había sido como para no haber escuchado sus palabras?

Sí, comprendió, en efecto lo había sido. Le había bastado con su más que dispuesto cuerpo en la cama y nunca había prestado demasiada atención a lo demás.

Durante unos instantes se sintió ligeramente avergonzado. Entonces recordó el divorcio y lo astuta que era esa mujer.

La contempló con los ojos entornados que se fundieron con el frío ámbar y luego prosiguió por el hermoso rostro y los deliciosos labios sonrosados que pedían a gritos ser besados.

—Qué noble por tu parte —asintió Rion, aunque su cinismo le impedía creerse que hubiera entregado tanto dinero a la beneficencia.

Selina era una mujer sofisticada. Seguramente había viajado por el mundo, disfrutando de la buena vida hasta que se le había agotado el dinero. Jamás había conocido a alguien tan sensual. Solo con mirarla se ponía duro, y era consciente de no ser el único. Al ver un cuerpo así, toda una horda de hombres haría cola para contratarla aunque no supiera siquiera hablar. El vestido que llevaba era de diseño, y los zapatos también. Lo sabía porque había adquirido unos cuantos y era más que probable que esos se los hubiera regalado algún hombre. Pero no le importaba. En realidad hacía que todo resultara más sencillo.

—En ese caso, Selina, estoy seguro de que podremos llegar a un acuerdo.

Capítulo 4

SELINA miró a Rion a los ojos. Esa frase había sonado como música en sus oídos.

—¿Lo estás? ¿Podemos? —exclamó con una sonrisa de alivio—. Gracias a Dios. Se lo diré a Anna —hizo un amago de levantarse, pero Rion la agarró por la cintura.

—No tan deprisa, Selina. Aún no has escuchado mi oferta.

De repente, Selina fue plenamente consciente de lo cerca que estaban y supo que tenía problemas. La fuerte mano estaba peligrosamente cerca del pecho y el atlético muslo le presionaba la pierna.

¿Cómo había podido suceder?

—En todo buen trato, ambas partes deben quedar satisfechas, ¿no estás de acuerdo? —preguntó Rion escrutándola con sus negros ojos.

Selina tendría que haber sido ciega para no captar la pregunta, muy diferente a la formulada, en las negras profundidades. El estómago le dio un vuelco y se puso tensa.

—Sí —asintió ella, agachando la cabeza para interrumpir el contacto visual.

Su vocecita interior le advertía que debía dar por finalizada la conversación lo antes posible, mientras que su cuerpo contaba una versión totalmente diferente. La inmunidad que creía tener frente a Rion de repente parecía estar desvaneciéndose.

—Bien. Me encantaría recomprar las acciones que

tienes en tu poder por su justo valor −Rion mencionó una cifra que dejó a Selina sin aliento.

−Eso es muy generoso por tu parte. Yo...

−Aún no he terminado −la interrumpió él mientras le acariciaba la rojiza melena−. Para que yo quede satisfecho, Selina, deberás acompañarme a bordo del yate durante las próximas dos semanas... como mi amante.

Por un momento ella pensó haber oído mal. Rion no podía haberle pedido que se convirtiera en su amante... Pero al mirarlo a los ojos se sintió transportada al pasado. El deseo que vio en ellos era un fuerte recordatorio de lo que habían compartido una vez.

Su mente gritaba que ese hombre no valía nada, que lo odiaba, a pesar de que el pulso se le había acelerado como un cohete ante la promesa de pasión que albergaba esa mirada y ante el calor que emanaba de la mano curvada alrededor de su cuello.

Rion volvió a hablar y el pleno sentido de sus palabras le devolvió a la realidad.

−Considéralo la luna de miel que nunca llegamos a disfrutar, Selina, pero sin el matrimonio. Sin ataduras. Yo te recompro las acciones, tú consigues el dinero y se acabó.

Selina abrió desmesuradamente los ojos y lo miró furiosa. Rion sonreía complaciente. ¿Cómo se atrevía el muy arrogante a pensar que podía insultarla con un intento de chantaje para que se acostara con él cuando la había echado hacía seis años? ¡Era increíble! Sugerir que ese viaje sería como una luna de miel era ruin. Ese hombre tenía menos sensibilidad que un bloque de granito. Pero, ¿de qué se sorprendía? Ya lo sabía...

Habían pasado la noche de bodas en el yate Moralis, navegando de regreso a Atenas. Rion le había prometido una luna de miel de ensueño para la siguiente semana, pero jamás había llegado...

Los labios de Selina se movieron, pero fue incapaz de articular palabra. Estaba demasiado furiosa para emitir sonido alguno.

–Si de verdad te preocupas por Anna, accederás. Tú misma lo dijiste, Selina, ya no eres una adolescente sino una experimentada mujer de mundo. Debes haber tenido unos cuantos amantes, algunos buenos y otros no tanto, pero sabes bien que somos compatibles, y un viaje en yate será divertido. Al menos sabrás lo que vas a obtener.

¡Unos cuantos amantes! ¡Divertido! La presunción y arrogancia de ese hombre enfurecieron a Selina hasta tal punto que casi le dio un ataque y agarró la mano de Rion dispuesta a apartarlo de ella.

Rion había malinterpretado por completo su silencio. Abrió la boca para explicarle con todo detalle lo que pensaba de su asquerosa proposición, pero antes de poder articular palabra él la agarró con más fuerza y el pulgar le rozó un pezón que se endureció al instante bajo la fina tela del vestido. En menos de un segundo se inclinó sobre ella tomando su boca y explorando su interior con la húmeda lengua. El sutil erotismo pronto se transformó en un ardiente manifiesto de intenciones.

Confrontada a diversos sentimientos, excitación, ira, Selina sabía que debía resistirse, pero hacía tanto tiempo que ningún hombre la había besado o acariciado... Y el hecho de que fuera Rion, su primer y único amante, tuvo un catastrófico efecto sobre su autocontrol.

Se estremeció mientras los sentimientos que había reprimido durante años se desbordaban por su cuerpo. Involuntariamente lo agarró de los anchos hombros y se aferró a él mientras el beso que había tenido la intención de rechazar se transformaba en una apasionada seducción de todos sus sentidos. Y respondió con entusiasmo.

La boca de Rion abandonó la suya y Selina lo miró a los negros ojos. Vio la tórrida pasión teñida de triunfo masculino y la bruma del deseo lentamente abandonó su obnubilada mente. Agachó la cabeza y dejó caer los brazos a los lados. Estaba espantada, mortificada, por la fuerza de las emociones que había desatado Rion en ella y, por primera vez en años, se sonrojó. Y no se atrevió a mirarlo a la cara.

–Ah, Selina, no hay motivo para sonrojarse –Rion le sujetó el rostro hacia atrás para obligarla a mirarlo antes de besarle suavemente los labios–. En realidad me sorprende que aún tengas la capacidad de sonrojarte, y es bueno saber que la química sigue siendo tan explosiva como siempre –murmuró contra sus labios–. Confía en mí, no te defraudaré –sonrió mirándola a los ojos–. ¿Estamos de acuerdo, Selina?

Furiosa con Rion, pero sobre todo consigo misma, Selina sintió el impulso de abofetearlo para borrar la sonrisa triunfal del atractivo rostro. Había quedado claro que era capaz de excitarla con un beso y una caricia, pero seguramente sería capaz de hacerlo con cualquier mujer entre dieciocho y ochenta años. Desde luego práctica no le faltaba.

Sin embargo, insultarla con el comentario sobre haberse ruborizado y luego pedirle arrogantemente que confiara en él, pensando que iba a arrojarse en sus brazos como una idiota dispuesta a cumplir sus deseos...

Ese hombre iba a despertar bruscamente de su ensoñación.

Con un fuerte empujón sobre el torso, Selina se puso en pie mientras luchaba por controlar su respiración y su rabia. Consiguió ordenar sus pensamientos antes de volverse hacia él que seguía sentado en el sofá, observándola con los ojos entornados.

–Eso será en tus sueños, pero desde luego no en los

míos, Rion. Ya no soy la chiquilla ingenua con la que te casaste, y no tengo por qué acceder a nada de lo que tú digas —espetó en tono mordaz–. Si no consigo el dinero para Anna, tampoco será el fin del mundo. La villa es mía y ella podrá quedarse a vivir en ella el resto de su vida. En cuanto a la hipoteca, puedo ocuparme de ella y del sueldo de Anna durante seis meses. Hasta que cumpla treinta años, serás el administrador de las acciones que he heredado, pero no puedes negarte a pagarme los dividendos semestralmente. Y, si lo intentas, te llevaré a los tribunales. Y ambos sabemos que no lo deseas.

Selina se sintió orgullosa de su explosiva respuesta, a pesar de que el corazón le latía desbocado, y se felicitó en silencio por su respuesta madura y sensata. Cierto que había dejado caer una indirecta al final, lo atribuiría a la vanidad femenina, pero tampoco veía nada malo en recordarle a ese cerdo que no siempre se había salido con la suya.

Rion la miró con los labios fuertemente apretados. Rabioso. Selina aún tenía los labios hinchados por el beso y el rostro ruborizado, pero los ojos resplandecían desafiantes, y lo mismo se deducía de su lenguaje corporal. La taimada bruja había tenido la osadía de amenazarlo por segunda vez con los tribunales y eso había prendido la llama de su ira nuevamente. Aun así, sintió cierta admiración ante su determinación. Además, ella tenía razón, ya no le quedaba nada de la inocencia pasada.

Nunca se había considerado un hombre vengativo, y no había tenido intención de asistir al funeral de Stakis. Pero al saber por el señor Kadiekis que seguía siendo el administrador de las acciones y que, por tanto, se requería su presencia en la lectura del testamento que tendría lugar justo después del funeral ya que Selina Taylor, única heredera, tenía previsto marcharse al día siguiente, había cambiado de idea.

Saber que había acudido a la isla para reclamar su herencia le había despertado la amarga ira que había enterrado durante seis años. Jamás se le habría ocurrido contactar con Selina, pero si se la servían en bandeja, era otra cosa. Y al volver a verla, de noche en la playa, la opción de la venganza le había parecido cada vez más atractiva.

—Selina, una de dos, o eres muy osada o muy estúpida –Rion se puso de pie–. La última vez te permití librarte con tus injuriosas mentiras porque me venía bien un divorcio rápido, pero no te servirá en una segunda ocasión.

Rion se acercó a ella y percibió el estremecimiento de su cuerpo.

—Siento defraudarte, pero la corporación Moralis es una empresa familiar, estoy seguro de que tu abuelo te lo explicó. Yo soy el principal accionista, junto con Helen e Iris, mientras que tú eres la cuarta y minoritaria –añadió en tono insultante–. Yo tengo el control y no habrá dividendos si yo no los autorizo. De todos modos, ha sido un buen intento.

—¡No puedes hacer eso! –exclamó Selina, espantada ante la revelación. Sin embargo, al mirar el rostro de Rion, supo que, de algún modo, sí podía hacerlo–. Quiero decir que...

—Puedo hacer lo que yo quiera y ahora mismo te quiero a ti, pero mi tiempo es limitado.

Selina sintió un escalofrío recorrerle la columna, pero no bastó para ahogar el deseo que había encendido el beso de Rion.

—Te he dado tres oportunidades. Esta tarde te invité a pasar dos semanas conmigo en el yate como amiga. Pareces cansada y se me ocurrió que te vendrían bien unas vacaciones. Después te ofrecí un trato más que aceptable. Pues bien, ahora te lo estoy diciendo: mi yate zarpa a medianoche. Accede a venir conmigo o atente a las consecuencias.

–Pero...

Con los ojos muy abiertos y expresión recelosa, Selina intentaba guardar la compostura. El hecho de que Rion opinara que tenía mal aspecto no ayudaba mucho a su autoconfianza. Parpadeando, repasó mentalmente su situación económica y comprendió que no tenía ninguna posibilidad de ayudar a Anna con su dinero.

–¿Qué le voy a decir a Anna?

¿Qué se había creído? Un hombre como Orion Moralis no accedía a un trato movido por la bondad de su corazón. ¿Acaso no había comprobado años atrás que ni siquiera tenía un corazón? Quizás seguía siendo igual de ingenua, porque jamás se le habría ocurrido que Rion podría retener los dividendos.

–Si aceptas iremos juntos a ver a Anna. Te respaldaré en cualquier cosa que digas –Rion le ofreció una mano.

Selina contempló los largos dedos. Esos dedos le habían llevado al clímax en más de una ocasión. Escandalizada ante el recuerdo, intentó borrarlo de su mente. Pasaba de sentir calor a frío y nuevamente calor. Ignorando esa mano, levantó la vista y contempló el pétreo rostro. En los ojos negros percibió determinación y supo que había hablado en serio. Nuevamente sintió frío.

–¿Por qué haces esto? –preguntó Selina cuando al fin consiguió que se disipara la niebla sexual que Rion había creado en su mente–. Puedes conseguir a cualquier mujer que desees, tu lista de amantes es legendaria. ¿Por qué yo? Ni siquiera nos gustamos.

–Me gusta lo que veo, Selina, querida –murmuró él

mirándola con descaro–. Mucho. Pero quiero más. Estabas fabulosa con ese diminuto bikini, pero desnuda en mi cama estarías aún mejor.

Selina palideció y abrió los ojos horrorizada. Su impresión había sido acertada la noche anterior. Alguien la había estado observando.

–Me estabas espiando en la playa –se sentía furiosa y atemorizada, pero se obligó a mirar fijamente a Rion–. Es asqueroso.

–No, más bien al contrario. Estabas muy hermosa y erótica jugando en el mar, Selina –Rion posó una mano en su hombro y ella se puso inmediatamente rígida–. Tanto que decidí reanudar nuestra relación –se burló mirándola con los ojos entornados.

Selina sacudió los hombros en un intento de lograr apartar esa mano y, al mismo tiempo, confiando en dar una impresión de indiferencia. Todo con escaso éxito.

–Pues ya lo has hecho. Y, por mucho que me halague –añadió con sarcasmo–. No puedo irme así sin más de vacaciones contigo. Tengo compromisos, trabajo.

Lo cierto era que disponía de seis semanas libres entre dos trabajos y había pensado quedarse en su casa con Peggy un par de semanas, de las cuales ya había perdido una en Grecia. También tenía previsto ayudar a Beth durante un mes con sus obras de caridad.

Aunque quisiera acompañar a Rion, y desde luego no era así, le resultaría imposible.

–Permíteme ilustrarte sobre algo, Selina. No tienes elección. Para decirlo claramente, ha llegado la hora de devolver el préstamo –susurró la amenaza con dulzura.

–Siempre hay una opción –ella lo miró incrédula. La sangre se le había helado en las venas.

–Para ti no. Esta vez no. Por lo que yo sé, eres la única mujer que me ha engañado con otro hombre, lo cual ya fue bastante malo. Pero amenazarme con un escándalo público durante el divorcio para que accediera a tus demandas, fue aún peor. Hay un dicho según el cual la venganza es un plato que se sirve frío. Por suerte, Stakis nunca modificó el testamento y yo he decidido que ha llegado la hora de mi revancha. En cuanto a tus compromisos, suponiendo que existan —añadió con cinismo—, cancélalos y yo te pagaré el doble de los ingresos que hayas perdido.

Muy típico de Rion. Creer que su mujer le había sido infiel no le había molestado tanto como no conseguir salirse con la suya en el proceso de divorcio.

Selina sintió deseos de clavar las uñas en el engreído y arrogante rostro y mandarlo al infierno. Sin embargo, se limitó a contar hasta cien en un intento de controlarse.

Echando la cabeza hacia atrás, contempló detenidamente a Rion. Le había entendido perfectamente y sentía una profunda repulsión, pero, por desgracia, la vida le había enseñado a no sorprenderse de nada. De una extraña manera le permitía ver las cosas con perspectiva y al final consiguió enfriar su ira y empezar a pensar seriamente en la proposición de Rion, o más bien en su ultimátum.

La vida y la muerte de Mark Stakis la habían colocado en esa posición. Suerte, destino, tanto daba. La cuestión era si, con su estricto sentido de la moral, podría abandonar a Anna y a sus hijas.

No, no podría vivir con ello si lo hacía.

En la isla no había otro trabajo que Anna pudiera desempeñar y, desde la muerte de su marido, había sido el único soporte financiero de sus hijas. Thea, la pequeña, acompañaría a su hermana mayor a la universidad en otoño para, con suerte, convertirse en abogado. Selina no podía destruir los sueños de esa chica. Había dedicado los últimos años a conseguir que los sueños, mucho más pequeños, de los niños se hicieran realidad.

Rion era un hombre poderoso y asquerosamente rico.

Siempre conseguía lo que deseaba, el dinero no era problema. Y en esos momentos la deseaba a ella. Una cínica sonrisa curvó los rosados labios. El gran Orion Moralis se pondría furioso si alguien sugiriese que pagaba por conseguir sexo, y aun así era eso mismo lo que le estaba proponiendo.

Pensó en su tía Peggy. Aunque se había jubilado hacía dos años, seguía viviendo con Selina y dependía de ella en gran medida. Jamás abandonaría a Peggy a su suerte, tal y como había hecho su abuelo con Anna. Luego estaban Beth y su marido, Trevor, cuya organización de caridad necesitaba su apoyo financiero con regularidad. Ganaba mucho dinero con su trabajo, pero no el suficiente para cubrir más compromisos.

Reprimió un suspiro de desesperación. Necesitaba el dinero de las acciones que había heredado para Anna, pero tenía que pasar por Rion para conseguirlo. Era injusto, pero la vida raramente era justa.

Selina pensó en todas las personas que había conocido, algunas muy jóvenes, que habían hecho verdaderos sacrificios por sus familias, y no durante un par de semanas sino durante años. ¿Podía, en conciencia, hacer menos? ¿Tan duro sería aguantar a Rion? Había dicho que la deseaba, pero solo serían dos semanas, sin sorpresas. En lo concerniente a las mujeres, su capacidad de concentración era la de una pulga. En cuanto aliviaba su necesidad, pasaba a la siguiente...

–De acuerdo –tomada la decisión, aceptó la mano tendida de Rion y la estrechó, sellando el trato y soltándola de inmediato–. ¿Y ahora puedo contarle las buenas noticias a Anna?

–Sí, pero primero... –Rion le rodeó la cintura con un brazo y la atrajo hacia sí. Le tomó el rostro con la mano ahuecada y le echó la cabeza hacia atrás–. Anna es una mujer astuta. Debes resultar creíble.

Iba a besarla de nuevo. Selina lo supo y apoyó una mano en el fuerte torso para apartarlo. Sin embargo, al contacto con la sedosa piel, sintió que el estómago le daba un vuelco.

—Eso es, tócame, Selina —murmuró él con voz ronca.

Ella intentó permanecer rígida en sus brazos, con la boca cerrada, y lo logró durante unos segundos. Entonces sus labios empezaron a temblar bajo la presión de los de Rion que los acariciaba seductoramente con la lengua. Y cuando le mordió el labio inferior, involuntariamente, abrió la boca y él introdujo la lengua para aumentar la intensidad del beso. Y el cuerpo de Selina la traicionó. De nuevo tenía dieciocho años, la resistencia doblegada, y le devolvió el beso.

Rion sintió la relajación del femenino cuerpo e interrumpió el beso. Selina tenía la cabeza inclinada hacia atrás, los ojos cerrados y los labios entreabiertos y supo lo poco que le costaría hacerla suya cuando quisiera.

Selina abrió los ojos y Rion volvió a atrapar su boca. Deslizó una mano hasta la redondez del trasero y ella, automáticamente, se apretó contra él sintiendo la dureza de su excitación. La otra mano de Rion estaba ahuecada sobre un pecho y los largos dedos acariciaban el erguido pezón a través de la tela del vestido. Selina se sumergió en el delicioso mar de besos, caricias y el ardiente cuerpo de Rion que tantos recuerdos le despertaba.

Rion oyó el gemido y sintió la pequeña mano deslizarse bajo su camisa. Reprimiendo un gruñido, supo que tenía que parar en ese momento, o ya no podría hacerlo.

—Ah, Selina —fijó la mirada en los ojos nublados por la pasión—. Creo que ya es suficiente. Anna no tendrá ningún problema para creer que nos hemos reconciliado.

¿Suficiente? ¿Reconciliado? Selina regresó doloro-

samente a la realidad, apenas sin aliento, humillante-
mente consciente de lo fácil que había sucumbido a las
artes amatorias de Rion. Amatorias no, aquello era solo
sexo, recordó. Algo que no debía olvidar jamás. Aunque su cuerpo fuera débil, el corazón permanecería
siempre como un bloque de hielo en cuanto a Rion.

–¿Qué quieres decir con reconciliado? –preguntó
mientras daba un paso hacia atrás.

Rion la soltó y ella contempló su rostro. El rubor en
los marcados pómulos evidenciaba que no era el hombre frío y sereno que aparentaba ser, lo cual le produjo
cierto consuelo.

–¿Y cómo pensabas explicarle que te marchas conmigo esta misma noche?

–Desde luego no pienso decirle que nos hemos reconciliado. Anna no es imbécil, jamás lo creería –espetó Selina–. Hace un rato le expliqué que todo iba bien.
A ella le preocupaba que estuvieras tramando algo dado
que hacía años que no hablabas con mi abuelo. Me iba
a marchar mañana por la mañana, pero aún no he reservado un billete para el barco que me llevará al continente. Si le digo a Anna que te has ofrecido a llevarme
tú para que llegue antes y tenga más tiempo de firmar
algunos papeles en el despacho del señor Kadiekis antes
de volar a Inglaterra mañana por la noche, creo que fun-
cionará.

–¡Vaya, Selina! –Rion sonrió–. Qué rapidez de pensamiento. Y qué retorcida. Desde luego has madurado,
y estoy de acuerdo.

Rodeándole los hombros con un brazo, la condujo
fuera del pabellón de regreso a la villa sin que ella in-
tentara soltarse.

Selina empezaba a comprender la magnitud del
acuerdo al que había accedido.

–Será mejor de decidas rápidamente qué vas a darle

a Anna, Selina. No la convencerás de que ha sido incluida en el testamento si te muestras indecisa.

El comentario tan propio de un hombre de negocios fue un oportuno recordatorio para Selina de por qué había accedido al trato, de por qué caminaba con él por el jardín y le permitía que le rodeara la cintura con un brazo, y le afianzó en su decisión de hacer algo por Anna.

–Anna puede quedarse con la villa. Dudo mucho que vuelva aquí –decidió ella con cierta amargura mientras, al mismo tiempo, se preguntaba cómo iba a explicarle a Beth que se iba a retrasar porque se marchaba de vacaciones con su exmarido.

–No creo que sea buena idea. A Anna le resultará difícil creerse que Stakis le haya dejado la casa, y aunque lo aceptara, ¿cómo iba a poder mantenerla? –señaló Rion–. Iba a tener que venderla y la documentación revelaría que tú eras su propietaria anterior, lo cual desvelaría la verdad sobre el contenido del testamento.

–¡Oh! –a Selina no le quedó más remedio que admitir que Rion tenía razón.

–En mi opinión, puedes darle una generosa cantidad de dinero, digamos cincuenta mil o, siendo aún más generosos, cien mil. Te lo puedes permitir sin problemas. Siendo de aquí, Anna podrá comprarse una casa en la isla. Tú te quedas la villa y la sigues empleando hasta que decida jubilarse. Podrás visitarla cuando lo desees, y alquilarla como lugar de vacaciones el resto del tiempo. Eso te reportará unos ingresos extra. Algún día volverás a casarte, tendrás hijos y querrás vivir aquí. A fin de cuentas, eres medio griega.

–No tengo nada de griega, jamás volveré a casarme y no tengo intención de tener un hijo. Ya hay suficientes niños en el mundo que necesitan ayuda –protestó Selina con un hilo de voz–. En cuanto a Anna, tienes razón. Le diré que le corresponden cien mil –levantó la vista y percibió el ceño fruncido de Rion–. Tengo que hacer algunas llamadas.

Selina nunca mentía, pero iba a tener que hacerlo tres veces en un mismo día. A Beth le gustaría saber que había reservado un crucero por el Mediterráneo. Si le contaba la verdad se enfurecería e intentaría convencerla para que no se marchara con Rion. Además, las obras de caridad necesitaban todo el dinero que pudiera reunir...

Capítulo 5

ERA casi medianoche, la hora bruja, pensó Selina de pie en la cubierta del lujoso yate que se alejaba suavemente del puerto de Letos. Afortunadamente era un modelo más moderno que aquel yate en el que había celebrado su fatídica noche de bodas.

Aún se sentía asombrada ante la facilidad con la que Rion había engatusado a Anna. Había sido él quien le había comunicado que había heredado cien mil euros, y Selina había añadido que deseaba seguir contando con ella como empleada hasta que decidiera jubilarse. Anna se había puesto tan contenta que se lo había creído todo. Incluso había aceptado la explicación del regreso de Selina a Atenas en el yate de Rion para tener más tiempo para ver al señor Kadiekis antes de tomar el avión con destino a Inglaterra, tanto, que incluso la había ayudado a hacer el equipaje.

En cuanto habían subido a bordo, Rion le había presentado a Dimitri, un hombre de unos cincuenta años con la cabeza afeitada y en buena forma física a quien le había encomendado el cuidado de Selina mientras él acompañaba al capitán en el puente de mando.

Dimitri le llevó el equipaje al camarote y le explicó cómo funcionaba todo. Después le informó que Rion ocupaba el camarote contiguo al suyo.

Al menos disponía de un camarote para ella sola, pensó Selina con un suspiro de alivio. Aun así, tras deshacer el equipaje y ducharse, se vistió con una vieja sudadera que desanimaría a cualquier hombre. Cinco minutos después, incapaz de aguantar el confinamiento del camarote y la visión de la cama, recordatorio del motivo de su presencia allí, se había calzado un par de sandalias y subido a cubierta.

No había escapatoria, comprendió. Debía haberse vuelto loca al aceptar las exigencias de Rion. No iba a poder hacerlo. Él esperaba una amante experimentada y se iba a encontrar con todo lo contrario. Había permanecido célibe desde el divorcio. Cierto que había salido con algún hombre, intercambiado algún beso, pero no había mantenido ninguna relación sexual. Ya había visto más que suficiente y no le gustaba lo que le hacía a las personas.

Rion descendió las escaleras hasta cubierta y se paró en seco frunciendo el ceño. Selina estaba inclinada sobre la barandilla e incluso desde lejos se percibía la tensión. No quería estar allí, eso ya lo sabía, y le hizo sentir un atisbo de mala conciencia. Sin embargo, estaba tan hermosa con los cabellos recogidos en una cola de caballo al viento...

Había sustituido el elegante vestido por una gigantesca sudadera y unos pantalones, seguramente con la intención de enfriarle los impulsos. Sin embargo, estaba consiguiendo justo lo contrario. Sintió todo el cuerpo reaccionar y dejó a un lado su mala conciencia.

No tenía ningún motivo para sentirse culpable. Selina iba a conseguir lo que deseaba, lo que deseaba la mayoría de las mujeres, dinero, y él tenía la suficiente confianza en su propia masculinidad para saber que podía mantenerla, contenta y satisfecha, en la cama.

Selina ahogó un grito de sorpresa cuando dos fuertes brazos se cerraron alrededor de su cintura. Perdida en sus pensamientos, no había oído aproximarse a Rion. Soltó la barandilla y le agarró los brazos, pero la sensación de la firme y cálida piel bajo la mano le dejó sin aliento. Recordó otra noche y otro yate, pero con el mismo hombre haciendo exactamente lo mismo que hacía en ese momento.

Y también recordó su entusiasta reacción, lógica pues la primera vez que Rion le había hecho el amor también había sido la última hasta después del matrimonio. Había puesto como excusa el deseo de que la noche de bodas fuera especial. Aunque, seguramente, el motivo verdadero sería que había otra mujer para calentarle la cama, Chloe, por ejemplo.

—Me has sorprendido —Selina se puso tensa y ladeó la cabeza para mirarlo—. Creía que estabas con el capitán.

—Lo estaba, pero parecías tan sola... —Rion inclinó la cabeza y le besó el cuello y la oreja— que decidí hacerte compañía.

—No hacía falta —contestó ella mientras intentaba mantener la compostura, algo que resultaba muy difícil a medida que sentía el calor de su cuerpo y captaba la esencia de su colonia. Recuerdos todos demasiado familiares. Recuerdos que creía olvidados.

—Créeme, sí hacía falta —murmuró él con voz ronca mientras le mordisqueaba el cuello y deslizaba una mano bajo la ropa hasta un pecho. Los largos dedos torturaron el inflamado pezón en una caricia que le hizo estremecerse de pies a cabeza.

Selina dio un respingo con el corazón acelerado. ¿Cómo se le había ocurrido que una vieja sudadera bastaría para desalentar a Rion? Además, debajo de la sudadera no llevaba nada. Intentó retorcerse para soltarse, pero enseguida comprendió que había cometido un error.

Rion aprisionó la espalda de Selina contra su cuerpo y ella dejó caer los brazos a los lados, inmediatamente consciente de la magnitud de la erección contra su trasero.

—¿Notas lo que me haces? —susurró Rion mientras besaba y lamía el cuello de Selina.

—Suéltame —exclamó ella con voz temblorosa.

Completamente acalorada, se sintió marear aprisionada por Rion. Intentó soltar el fuerte brazo que la sujetaba por la cintura, pero, al hacerlo, él intensificó las caricias de los pezones, provocándole oleadas de agónico placer desde el pecho hasta la ingle. Y todo mientras la sensual boca seguía detenida en el cuello, haciéndole temblar de debilidad.

Volvió a levantar los brazos, pero los dedos, actuando por voluntad propia, se deslizaron por los musculosos brazos de Rion.

—No lo hagas —murmuró a la desesperada—. Alguien podría vernos.

Un leve gemido escapó de su interior cuando la mano que estaba posada en la cintura se deslizó bajo los pantalones hasta el triángulo entre las piernas mientras que la otra mano continuaba con el delicioso tormento de los pezones.

—Nadie, salvo los peces, podría vernos —murmuró Rion—. Relájate y disfruta.

—No... —gimió nuevamente Selina. Sin embargo, y en contra de su voluntad, se vio atrapada en el deseo, salvaje y sensual, que surgió de su interior al colisionar en su mente pasado y presente.

Echó la cabeza hacia atrás, hasta apoyarla en el pecho de Rion quien le separó ligeramente las piernas. Los largos y habilidosos dedos recorrieron los delicados pliegues que custodiaban el núcleo femenino y buscaron el ardiente y húmedo punto que acarició con el pulgar. En el interior de Selina se había desatado un incendio.

–Te gusta, Selina. Y quieres más –susurró él contra su oreja mientras le mordisqueaba el lóbulo–. No tienes más que pedirlo.

Selina temblaba de deseo, y aun así una nota de discordia consiguió abrirse paso entre la niebla de sensualidad en que se había convertido su cerebro. La luz del faro se deslizó ante ella, recordándole dónde se encontraba.

–No, Rion –ella le sujetó las muñecas hundiendo los dedos en la piel para ahogar a un tiempo su deseo y la intención de Rion.

Rion estaba perplejo. Selina había reaccionado a todo lo que había hecho para excitarla. Él mismo estaba tan excitado que haría cualquier cosa por hundirse dentro de ella. Y sin embargo, esa mujer había conseguido reunir la fuerza de voluntad suficiente para pararlo. La chica con la que se había casado jamás habría hecho algo así, pero la Selina en que se había convertido hacía gala de un carácter mucho más fuerte.

Era muy consciente de que con su mayor fuerza física y habilidad podría doblegarla fácilmente, pero se resistía a hacerlo. Quizás se había pasado al sugerirle que se lo pidiera, pero nunca había conocido a una mujer que le correspondiera tanto, y no iba a permitir que se negara a lo acordado.

–Tienes razón, Selina –la sujetó de nuevo por la cintura y la obligó a girarse–, el camarote estará mucho mejor. Pero basta de juegos. Ambos sabemos lo que queremos.

Rion la besó apasionadamente hasta que la sintió relajarse contra su cuerpo y los finos brazos le rodearon el cuello. Mirándola a los ojos sonrió.

–Hora de irse a la cama, Selina –susurró mientras la tomaba en brazos.

Frustrada, y aturdida por el beso, Selina se agarró a los anchos hombros de Rion y se dejó llevar hasta el camarote principal donde él la tumbó sobre la enorme cama. Era intensamente consciente de su presencia, de los oscuros rasgos esculpidos, de la profundidad de los ojos negros, y no fue capaz ni de resistirse ni de pronunciar palabra alguna mientras él procedía a desnudarla.

¿De qué serviría resistirse? Aunque pudiera, lo cual dudaba seriamente, ya era demasiado tarde. Estaban en medio del mar y el resultado era inevitable porque había hecho un trato y debía cumplirlo. «¿Y por qué no disfrutar de la experiencia?», susurró una diabólica vocecilla en su cabeza. Ningún hombre le había hecho sentir como Rion, y seguramente ninguno lo haría.

Le había dicho que la quería desnuda en su cama, y allí estaba. La había visto desnuda una docena de veces, aunque quizás no tantas. Siempre se había mostrado muy vergonzosa a la hora de pasearse desnuda, a diferencia de Rion quien a menudo se burlaba de ello. Pero en esos momentos sí lo estaba. Desnuda, expuesta, y tuvo un momento de pánico y miró a Rion con desconfianza.

Vio el deseo reflejado en sus ojos y el corazón falló un latido al verle despojarse de la camisa y revelar el atlético torso salpicado de oscuro vello. Le siguieron los pantalones y ella tragó con dificultad ante el magnífico y bronceado cuerpo. La fuerza y el tamaño de la erección le hicieron dar un respingo, su cuerpo palpitando con la familiaridad de todo aquello.

De repente, se sintió totalmente inadecuada. Rion esperaba a una amante experta.

–¿Qué quieres que haga? –preguntó con un hilillo de voz.

Rion se detuvo y la miró a los ojos. No quería que

pensara que debía hacer lo que él le pidiera, a pesar de que no le había dado muchas opciones salvo la de acompañarlo.

Los ojos negros se deslizaron con avidez por el increíble cuerpo desnudo.

Selina era perfecta. Sus maravillosos cabellos se extendían por la almohada, los extraordinarios pechos, el estómago plano, los suaves rizos rojizos en la intersección de los muslos, las largas piernas...

La deseaba desesperadamente, pero la deseaba cálida y complaciente. Tumbándose a su lado, se apoyó sobre un codo y la miró fijamente a los ojos.

–Limítate a ser la mujer hermosa y sexy que sé que eres –le acarició los labios con los suyos–. Yo haré el resto.

Lo curioso era que aquello parecía lo más natural del mundo, pensó Selina, aunque no dijo nada. La oleada de deseo le quemaba la piel por donde él deslizaba las manos.

Rion se inclinó y la besó con una ternura que le sorprendió y que, nuevamente, la sedujo. Abrió la boca para saborearlo con la lengua y sus manos se deslizaron, por voluntad propia, por su pecho.

–¡Oh, sí! –exclamó Rion con los labios pegados a su boca mientras ella lo acariciaba. Y la besó con una pasión exigente y posesiva que produjeron en Selina electrizantes sensaciones que le volvieron loca.

La mano de Rion se deslizó por el cuerpo de Selina y los finos dedos juguetearon con los rizos de la intersección de los muslos antes de descender un poco más. La sangre de Selina ardía.

Ella se aferró a los hombros de Rion y disfrutó con las oleadas de calor líquido que atravesaban el húmedo y palpitante núcleo. Hundió los dedos en la negra cabellera y se estremeció. Lo deseaba, al completo, apasionadamente.

La otra mano buscó la sedosa y firme masculinidad y sus dedos se cerraron a su alrededor, moviéndose, explorando.

Rion gimió a punto de explotar. Luchando por mantener el control, le apartó la mano y atrapó un erguido pezón entre los labios sin dejar de acariciar delicadamente el ardiente y aterciopelado núcleo.

Selina cerró los ojos, el rostro tenso de placer mientras el ritmo se hacía más y más intenso. Sintió los músculos agarrotarse, el cuerpo alzarse, estremecerse antes de convulsionar en una temblorosa liberación mientras Rion la alzaba y, con una potente embestida, la llenaba.

–¡Rion, por favor! –gritó ella, creyéndose incapaz de soportarlo más.

Pero se equivocaba, comprendió mientras era lanzada a un remolino de sensaciones que se disparaban a medida que Rion la penetraba con mayor rapidez y profundidad hasta que, con un grito, se estremeció y la llenó con su esencia.

Rion se tumbó de espaldas, débil, aunque lo bastante fuerte como para abrazar a Selina contra su pecho. Estaba aturdido. Jamás había llegado tan rápidamente, tan salvajemente. Ni siquiera cuando estuvieron casados, cuando se había mostrado en todo momento tierno con ella en un intento de introducirla lentamente en el camino del sexo.

–Lo siento –se disculpó–. Ha sido un poco rápido, pero hacía mucho tiempo...

–Has estado bien –respondió Selina mientras le acariciaba la ingle con su torneada pierna.

–Lo haré mejor la próxima vez –insistió él mientras la sentía relajarse.

«La próxima vez», pensó Selina. Y entonces, cerrando los ojos, ya no pensó en nada más.

Rion la abrazó y acarició la rubia cabeza con delicadeza. Depositó un tierno beso sobre su frente y comprendió que estaba dormida. Iba a tener que esperar más de lo deseado a la siguiente vez, pero tampoco le importó. Con el cálido cuerpo apoyado sobre su pecho y el femenino aroma, podría esperar.

Selina sería suya durante las siguientes dos semanas, y dada su respuesta, más tiempo si él lo decidía. Y con masculina satisfacción se relajó.

Y entonces comprendió lo que acababa de hacer, o mejor dicho, lo que no había hecho.

¡Maldito fuera!, se maldijo. Solo se le había olvidado dos veces en su vida, y ambas con la misma mujer. La sensación de satisfacción se desvaneció como el humo al viento.

–¡Selina, Selina! –exclamó mientras la empujaba sobre el colchón.

Acurrucada contra un atlético y cálido cuerpo, Selina abrió los ojos. Alguien la llamaba. Durante un momento se sintió totalmente desorientada y, de repente, se sintió aterrizar de espaldas sobre el colchón.

–¿Qué? –murmuró abriendo los ojos desmesuradamente al ver a Rion, sentado junto a ella–. ¿Ya es de día? –preguntó, a pesar de que no se veía luz. Lo que había iluminado el torso de Rion, comprendió, era la luz de la luna.

De repente lo recordó todo. Estaba en la cama de Rion y acababan de hacer el amor. De repente fue consciente de su propia desnudez y sintió una cálida oleada atravesar su cuerpo, no tanto un rubor sino más bien una respuesta sensual ante ese hombre que la observaba fijamente. Sin embargo, por la furiosa expresión en el rostro de Rion, comprendió que él no estaba experimentando ninguna reacción similar.

–No he utilizado protección, Selina. Necesito saber si estás tomando la píldora –preguntó.

–¿Y para eso me has despertado? –la oleada de calor la abandonó y, sentándose en la cama, Selina se tapó con la sábana.

–Sí, es importante. No tengo la intención de verme atrapado, de cargar con un hijo por el que deba pagar el resto de mi vida. Nunca olvido el preservativo, y puedo asegurarte que estoy perfectamente sano. Me hago revisiones con regularidad. ¿Puedes tú decir lo mismo?

Selina había oído más de un insulto en los veinticuatro años de su vida, pero ninguno como el de Rion. ¡Qué típico de él! No quería verse atrapado. Ni siquiera había pensado en la mujer que tendría que llevar a ese hijo en su seno durante nueve meses y cuidarlo el resto de su vida. Lo único que le preocupaba era el dinero que pudiera costarle.

¿Y de qué se sorprendía?

Consideró la posibilidad de seguirle la corriente. Se merecía que le hicieran sufrir unas cuantas semanas. Pero eso implicaría mantener el contacto con él y era lo último que querría hacer.

–Por suerte para ti, sí tomo la píldora –al regresar a Inglaterra tras la separación, había consultado al ginecólogo sobre sus dolores menstruales y este le había recetado la píldora–. Y hará unos cuatro meses me hice una revisión –aunque no por los motivos que él pensaba–. Desde entonces no he tenido ningún amante. ¿Puedes tú decir lo mismo? –repitió la pregunta de Rion con cierto cinismo antes de levantarse de la cama.

–Menos mal –Rion suspiró aliviado. Por supuesto que Selina tomaba la píldora. Era una mujer sexualmente activa. Tenía sentido–. Y para tu información, sí, puedo decir lo mismo. Al parecer ambos hemos estado en dique seco –rio mientras contemplaba el cuerpo desnudo vuelto de espaldas hacia él. Selina estaba recogiendo su ropa del suelo.

Rion pasó del alivio al deseo. Ante la visión del redondo trasero que desaparecía lentamente bajo los pantalones azules, volvió a ponerse duro. Saltó de la cama y en un ágil movimiento la agarró del brazo obligándole a girarse para mirarlo de frente.

–¿Para qué molestarte en vestirte? Tenemos toda la noche por delante y lo mejor está aún por llegar –murmuró absolutamente seguro de su virilidad.

Selina abrió desmesuradamente los ojos al apreciar en el reflejo de los de Rion la pasión resurgida, la sensual invitación. Apresuradamente, bajó la vista y se negó a ser tentada. Pero tenerle de pie ante ella, completamente desnudo no ayudaba gran cosa. El impresionante cuerpo resplandecía bajo la luz de la luna y su excitación era más que evidente. Ella a su vez, sintió una chispa de deseo encenderse en su interior.

–Me voy a la cama –Selina se puso rígida y ahogó la llama–. Dimitri me adjudicó el camarote de al lado y prefiero dormir sola –sentenció.

–¿Ya empiezas a echarte atrás, Selina? –Rion estaba furioso–. Estás aquí como mi amante. No lo olvides.

Los negros ojos se posaron en el rostro de Selina, en la salvaje maraña de rizos que caían hasta los hombros, en los protuberantes pechos con sus rosados pezones aún inflamados. Los delgados brazos colgaban a los lados con los puños firmemente apretados.

–Tus jueguecitos no te llevarán a ninguna parte. Dormirás en mi cama mientras yo no diga lo contrario –Rion no comprendía su propia insistencia puesto que prefería dormir solo. Hacía años que no había pasado la noche entera con una mujer. Desde que Selina...

–De acuerdo –Selina dejó caer los hombros.

Ese tipo era un maldito arrogante y ella estaba demasiado cansada para discutir con él. Además, tampoco serviría de nada. Rion siempre hacía lo que quería, tanto en los negocios como en la vida privada, con una habilidad y astucia que rara vez fallaban. Ella no significaba nada para él, más allá de un cuerpo femenino para calentarle la cama durante dos semanas. Y eso era algo que no debía olvidar.

Volviendo sobre sus pasos, se subió a la cama y se cubrió con la sábana hasta el cuello.

Rion observó la escena, estupefacto, sin saber si sentirse furioso o satisfecho. ¿Cómo conseguía esa mujer confundirlo con tanta facilidad? En cualquier caso, la cama lo llamaba y se tumbó junto a Selina sujetando el dócil cuerpo entre sus brazos.

–¿Un besito de buenas noches? –susurró.

Selina contempló el hermoso rostro y percibió sus intenciones en la oscura mirada. Sin poder evitarlo, soltó un enorme bostezo.

Un matapasiones de libro.

Rion sonrió con amargura. Era tan hermosa, tan femenina... y estaba tan cansada, comprendió. Sintió una punzada de culpabilidad, pero aunque no le cabía la menor duda de que podría persuadirla, no era tan egoísta como amante como para intentarlo.

Mientras Selina hacía unas llamadas telefónicas para modificar su agenda, Anna le había explicado a Rion que, cuando el doctor había anunciado que a Mark Stakis solo le quedaban unos pocos días, no había sabido a quién avisar y por eso había llamado a Selina. Sin dudarlo un instante, lo había dejado todo para presentarse en Grecia. Y no se había movido de la cama de su abuelo, salvo para dormir un poco de vez en cuando, hasta que había fallecido. Después había organizado el funeral y se había comportado como la perfecta anfitriona. Por último Anna le había hecho ver lo mucho que necesitaba Selina descansar.

–Estás cansada –Rion la besó en la frente–. Duérmete.

Selina no necesitó que se lo dijeran una segunda vez y, con un profundo suspiro, en pocos segundos estuvo durmiendo.

Selina tuvo un sueño muy agitado y acabó abrazada a él con la cabeza apoyada en el torso y un brazo sobre el estómago de Rion. La respiración le hacía cosquillas y, si movía la mano siquiera un centímetro hacia abajo, él ya no sería responsable de sus actos.

Capítulo 6

RION abrió los ojos en cuanto sintió que Selina se movía. Se quedó muy quieto sintiendo el corazón palpitar contra el pecho de ella. La cabeza seguía apoyada sobre su torso y la mano se había deslizado hasta el hombro. Lo que le había despertado, y en más de una manera, era la pierna que se había deslizado entre sus muslos. Mientras él sufría de deseo, ella dormía como un bebé.

Deslizó un dedo por su columna y acarició con la otra mano el trasero. Estaba caliente y la piel era suave como la seda. Un hombre solo podía aguantar hasta cierto punto. Sin embargo, antes de poder hacer ningún movimiento, sintió la dulce boca besarle el torso y la húmeda lengua lamerle un pezón hasta volverlo duro como la piedra.

Durante su breve matrimonio ella solía rodearle el cuello con los brazos y besarlo con entusiasmo cada vez que regresaba a casa. Y en la cama siempre se había mostrado muy complaciente cuando le había hecho el amor, y muy tímida. Pero jamás había tomado la iniciativa.

Reprimió un gemido y esperó con sensual expectación el siguiente movimiento de Selina.

Ella abrió los ojos, vagamente consciente de un cosquilleo en la columna. La mirada adormilada se posó sobre Rion y se estiró seductoramente contra él sintiendo la creciente presión de la erección contra el muslo.

Suspirando de placer, susurró el nombre de su es-

poso y dibujó un camino de besos que ascendía por el
cuello. Mordisqueó la firme barbilla y, alzando la cabeza, lo besó suavemente en los labios. Al fin lo miró a
los ojos y vio el destello de deseo en las negras profundidades. Una femenina sonrisa curvó sus labios. Rion
la deseaba...

Rion...

De repente Selina se despertó, plenamente consciente de dónde estaba... y por qué. Avergonzada,
apoyó las manos contra el pecho de Rion y lo apartó de
su lado.

–No te pares ahora –Rion percibió la confusión en
el rostro de Selina. Deslizando un brazo a su alrededor,
apoyó una mano ahuecada en la nuca–. Nunca me habían despertado de una forma tan agradable –susurró
con voz ronca mientras la atraía hacia sí y le silenciaba
un amago de protesta con un beso apasionado.

Selina entreabrió los labios y Rion la apretó más
contra su cuerpo, devorándola con la boca. La lengua
no hacía más que escenificar lo que realmente deseaba
hacer, pero en esa ocasión iba a proceder lentamente,
saboreándola.

Selina no tuvo la menor oportunidad. Su mente y su
cuerpo ya la habían traicionado y ardía en deseos por
él. Cuando Rion le cubrió los labios con su boca, soltó
un pequeño gemido y respondió con la misma pasión.

Tampoco protestó cuando él interrumpió el beso
para tumbarla de espaldas. Grande y oscuro, Rion de-
voró el cuerpo desnudo con ojos hambrientos y ella se
deleitó en su contemplación. Selina acarició el bronceado torso y lo sintió estremecerse bajo sus manos
mientras las deslizaba hacia abajo.

–De eso nada –Rion le agarró las muñecas y le sujetó los brazos a ambos lados del cuerpo contra el colchón–. Ahora me toca a mí, Selina, yo marco el ritmo.

Sus bocas se encontraron y ella abrió los labios, ansiosa por recibir la erótica penetración de su lengua. El beso fue prolongado y delicioso, interrumpido únicamente por la necesidad de respirar. Entonces, Rion dio inicio a la lenta seducción del intensamente receptivo cuerpo.

Selina se quedó sin aliento cuando los labios de Rion trazaron un camino desde su boca hasta el cuello y de nuevo cuando inclinó la cabeza hacia sus pechos.

Con increíble ternura besó un erguido pezón, abriendo la boca para rodear la areola con la lengua antes de chuparlo delicadamente mientras ella se sentía traspasada por un rayo desde el pecho a la pelvis en una erótica sensación a medio camino entre el placer y el dolor. Y justo cuando creía que ya no podría soportarlo más, Rion se trasladó al otro pecho para iniciar nuevamente el tormento. Selina intentó tocarlo, pero él seguía sujetándole los brazos con firmeza besándola con pasión en los labios antes de iniciar el camino de descenso que le volvió loca de placer hasta que, lascivamente, se entregó a las exigencias de su propio cuerpo y a la maestría de Rion.

Tras dibujar un círculo con la lengua alrededor del ombligo, Rion liberó las manos de Selina al necesitar las suyas para separarle las piernas. Agachó la cabeza y se hundió entre los muslos, deslizando la lengua entre los aterciopelados pliegues para saborearla.

Selina jamás había experimentado una sensación parecida y, sorprendida, empujó instintivamente los hombros de Rion para apartarlo. Pero la primera impresión dio paso a una sensual delicia y hundió los dedos en la negra cabellera, atrayéndolo más hacia sí.

Era totalmente ignorante a los gritos y gemidos que escapaban de su boca mientras Rion, con perversa maestría, le arrancaba cada átomo de placer del cuerpo hasta que ella se abandonó a las tumultuosas oleadas de sensaciones que atravesaron su delgado cuerpo mientras, vagamente le parecía oír la voz jadeante de Rion.

—Soñaba con tenerte así.

Rion estaba arrodillado entre sus piernas y sus ojos negros reflejaban una ardiente pasión mientras le levantaba las caderas. Selina tenía el cuerpo tenso como un arco y echó la cabeza hacia atrás mientras él la penetraba de una fuerte y profunda embestida. Hundió los dedos en los fuertes hombros y agarrándose a él lo sintió hundirse más y más profundamente, lanzándola a un torbellino de sobrecarga sensual con una incandescente pasión que la consumía.

—¡Sí, oh, sí! —gimió mientras acariciaba la húmeda y sedosa piel de Rion.

Rion se hundía cada vez más profundamente, se paraba y volvía a embestir con mayor fuerza hasta que en una fuerte y última sacudida la llevó a la cima de la plenitud. El atlético y masculino cuerpo se estremeció uniéndose a ella en una sublime explosión de liberación.

Selina se quedó tumbada bajo el cuerpo de Rion, estremeciéndose en las postrimerías de la pasión. Le rodeó el cuello con los brazos y se deleitó en la sensación del peso sobre ella y del errático latido del corazón contra su pecho. Y al fin los temblores cesaron, sustituidos por una dulce sensación de saciedad que envolvió todo su cuerpo.

Un sonido pulsante en su cabeza, ¿o era en su cuerpo?, la despertó. Selina se estiró perezosamente sintiéndose dolorida en lugares insospechados. Lentamente abrió los ojos y fue asaltada por el brutal resplandor del sol. Cerrándolos de nuevo, se apartó de la cegadora luz. Y entonces comprendió que el sonido pulsante era el del motor del yate. Estaba desnuda en la cama, y todo regresó a su mente.

Contempló el espacioso camarote tapizado en madera de nogal. Un lujoso sofá y una enorme silla flanqueaban una mesa de madera. El conjunto resultaba elegante y muy masculino, al igual que las sábanas de algodón egipcio revueltas sobre la enorme cama.

–¡Oh, Dios mío, no! –gruñó.

–No era ese el saludo que yo me esperaba.

La masculina y gutural voz, teñida de cierta dosis de humor, resonó en su cabeza.

Selina volvió a abrir los ojos. Rion estaba de pie ante la puerta abierta y portaba una bandeja que desprendía un intenso aroma a café. Desnudo de cintura para arriba, vestido únicamente con unos pantalones cortos, estaba magnífico, vital y despierto.

–Anoche no dijiste nada parecido –insistió él mientras dejaba la bandeja sobre la mesilla de noche y se sentaba en la cama–. En realidad, hubo un momento en que gritaste todo lo contrario, si no recuerdo mal.

–Buenos días –murmuró ella ignorando el comentario.

Empezaba a odiarse a sí misma por su vergonzosa rendición ante Rion, aunque seguramente no se podría haber esperado otra cosa tras años de celibato. La alternativa, que Rion fuera el único al que no podía resistirse, era algo que no se atrevía siquiera a considerar. Arrastrando una sábana hacia ella, se sentó en la cama y tomó la taza de café que Rion le ofrecía sin mirarlo siquiera a la cara.

–Muy formal, Selina, pero no del todo cierto –Rion hundió una mano en los desordenados rizos antes de acariciarle un brazo. La caricia era más parecida a la de una pluma y le arrancó a Selina un escalofrío–. Me pareció que necesitabas descansar.

–¿Qué hora es? –preguntó ella mirándolo al fin a la cara.

La sensual boca dibujó una media sonrisa y los negros ojos brillaron traviesos. Selina sintió cómo su traicionero corazón daba un vuelco. La chispa que creía desaparecida había regresado y supo que un sonriente Rion era mucho más peligroso para su salud emocional que el hombre cínico y despiadado al que estaba acostumbrada.

–Mediodía, pero relájate –Rion recuperó la taza de café vacía y la depositó sobre la bandeja–. Comeremos dentro de una hora. Hay mucho tiempo.

Antes de que ella comprendiera sus intenciones, le arrancó la sábana del cuerpo.

–No, necesito ducharme –protestó Selina mientras intentaba recuperar la sábana.

–Anoche fue estupendo, Selina –continuó él como si ella no hubiera hablado–, pero ahora que sé de lo que eres capaz, va a ser aún mejor –mientras con una mano sujetaba las de Selina, con la que tenía libre le sujetó la barbilla–. La tímida inocente desapareció hace tiempo y te deleitaste seduciéndome con tu dulce boca... y con todo lo demás.

Rion deslizó la mano por el cuello de Selina y continuó descendiendo hasta detenerse en un endurecido pezón.

–Más o menos así –se burló mientras sus dedos jugueteaban con el otro pecho–. Me gusta la Selina más experimentada. Ese rubor en tus mejillas es un truco bastante bueno.

–¡No! –exclamó ella, protestando contra la insinuación y las evidentes intenciones de Rion–. No sabía que eras tú. Estaba medio dormida –explicó sin pensar. En cuanto las palabras abandonaron su boca, supo que había cometido un error–. Quiero decir que...

–Demasiada información, Selina –se burló Rion mientras volvía a hundir la mano en los rojizos rizos para atraerla hacia sí–. Esta vez sabrás que soy yo –continuó con una mortífera calma, desmentida por la ira que reflejaba su mirada.

–No lo entiendes –intentó explicar ella.

Pero no tuvo éxito ya que sus palabras fueron acalladas por los labios de Rion que la besó con una pasión autoritaria y salvaje a la que, vergonzosamente, ella respondió con manifiesto deseo. De repente se encontró tumbada de espaldas con Rion sentado a horcajadas sobre ella, observándola como si se tratara de algún insecto bajo la lupa.

–Puede que tu educación sexual haya mejorado en el aspecto físico, Selina, pero carece totalmente de etiqueta –la reprendió él–. Primera lección: nunca le digas a tu amante que estabas pensando en otro durante el sexo.

El corazón de Selina latía desbocado. Había percibido el tono de ira en la voz de Rion, la mandíbula encajada y las mejillas sonrojadas, y comprendió demasiado tarde lo que había provocado con su descuidado comentario.

–Yo nunca... –balbuceó incoherentemente.

Rion agachó la cabeza y capturó un pezón entre los dientes para lamerlo, dejándola sin aliento. Una oleada de húmedo calor se acumuló entre los muslos de Selina que, involuntariamente alargó las manos hacia él.

Lo que siguió fue una clase magistral.

Selina jamás se había imaginado que el cuerpo humano fuera capaz de tal pasión desinhibida. No tenía ni idea de que fuera capaz de comportarse como una salvaje, más que dispuesta a seguir a Rion en un inventivo erotismo hacia unos caminos con los que nunca habría soñado, y todo hasta creerse al borde del desmayo ante la increíble fuerza de la tormenta emocional desatada entre ellos.

Las convulsiones se apagaron lentamente y Selina, todavía debajo de Rion, abrió los ojos intentando recuperar el control de su errática respiración y desbocado corazón. Rion se retiró lentamente y rodó a un lado antes de rodearle los hombros con un brazo y apoyar la mano libre sobre su estómago.

Selina lo miró a los ojos y se ruborizó, perpleja por lo que ese hombre le había hecho, por lo que ella le había permitido que le hiciera. En realidad le había animado a que dispusiera sexualmente de su cuerpo y de cada uno de sus sentidos hasta culminar con un increíble orgasmo.

–Yo nunca... –intentó terminar la frase, pero no pudo continuar, más confundida consigo misma que con Rion.

–Ya me lo pareció –Rion le besó la húmeda frente y sonrió–. Aun así eres una mujer increíblemente sensual. Admítelo, te ha encantado cada segundo. Me aseguré de ello, quizás porque heriste mi orgullo masculino y quería demostrarte algo. Me mostré demasiado entusiasta, pero ninguna mujer que comparta mi cama piensa en otro hombre.

¡Menudo engreído! Selina no salía de su asombro, pero tampoco le extrañó. Rion era un amante impresionante, claro que practicaba mucho. Ella no era su primera amante y, desde luego no sería la última. Sin embargo, él era su primer y único, y sospechaba que seguramente sería el último. No se imaginaba haciendo con ningún otro hombre lo que acababa de hacer con Rion. Se habían unido de la manera más íntima posible. Deberían estar tan unidos como pudieran estarlo dos personas, pero Selina comprendió con tristeza que Rion estaba nuevamente en lo cierto. El sexo no era más que sexo, dos cuerpos conectados, pero con el corazón y la mente separados por kilómetros.

Contempló el perfecto y bronceado cuerpo. Era como un dios griego. Pero no era un dios, era un hombre con sus debilidades humanas. Atractivo, rico y soltero, podía elegir a la mujer que se le antojara, y no le cabía la menor duda de que lo hacía con frecuencia. Rion poseía una libido muy fuerte y disfrutaba del sexo, pero no creía en la monogamia. Era un machista, y las mujeres se lo permitían por el placer de disfrutar de su compañía.

Le había sorprendido, no sin cierto agrado, saber que le había herido en su orgullo masculino. En esos momentos, abrazada a él, saciada, no podía discutir su afirmación.

—Eres muy arrogante, Rion —Selina lo miró y sus inflamados labios se curvaron en una sonrisa—. Da la casualidad de que anoche no estaba pensando en otro hombre. Pensaba en ti. Estaba medio dormida y creía que seguíamos casados —al ver la autocomplaciente sonrisa de Rion, continuó—. Afortunadamente, desperté de la pesadilla...

—Lo estabas haciendo muy bien hasta que has llegado al final —Rion la miró a los ojos—. Ya te lo haré pagar más tarde —amenazó con una pequeña sonrisa—. Aunque quizás no —se corrigió—. Decidamos ignorar el pasado y disfrutar de las siguientes dos semanas como lo que son, unas vacaciones compartidas por dos amigos.

Selina abrió los ojos desmesuradamente. ¿Rion un amigo?

—No me mires así —rio él—. Lo creas o no, tengo amigos. Dimitri y el capitán Ted son viejos amigos míos, y también mantengo una relación amistosa con la tripulación. No quiero que nos vean enfrentados. Mi barco es un lugar alegre y así quiero que continúe siendo. Además, no se puede negar que el sexo entre nosotros es fantástico.

Selina quiso negarlo, pero sería mentira. Rion estaba muy atractivo con sus cabellos revueltos y el hermoso rostro iluminado. Y sintió el corazón temblar en su pecho.

Durante el breve matrimonio, se había comportado como un cachorrito mendigando afecto de su amo. Pero ya no, estaba acostumbrada a trabajar con magnates y empresarios. Algunos le gustaban más que otros, pero no tenía ningún problema para mantener una relación amistosa con todos. Muchos de sus clientes volvían a contratarla una y otra vez. ¿Tan difícil sería desarrollar una relación de amistad con Rion? Facilitaría mucho la vida durante las dos semanas siguientes. Lo consideraría como un trabajo, y en cierto modo así era. Al fin y al cabo, Rion le iba a pagar por ello.

Atrapada en un yate en medio del Mediterráneo, tampoco es que tuviera muchas más opciones. Podría intentar resistirse a él, pero, por humillante que le resultara admitirlo, hasta el momento había fracasado estrepitosamente en ese sentido. También podría seguir su sugerencia e intentar aceptarlo como un amigo con derecho a roce.

—Claro, ¿por qué no? —asintió justo en el momento en que su estómago lanzaba un rugido.

—Estupendo —Rion soltó una carcajada, saltó de la cama y se puso los pantalones cortos—. Vamos, Selina, levántate —ordenó—. Dúchate mientras yo pido la comida que, evidentemente, necesitas.

Impulsivamente, ella arrojó una almohada contra la espalda de Rion que ya salía del camarote y que seguía riéndose después de haber cerrado la puerta.

Entró en la cabina de ducha y accionó un mando que esperaba fuera el del grifo, pero fue atacada por múltiples chorros que surgían de todas partes. Salió de la ducha, miró a su alrededor y encontró todo tipo de productos para el baño... todos masculinos. Iba a desprender el mismo aroma que Rion, claro que seguramente ya lo hacía. Eligió una botella de champú y regresó a la cabina de ducha. Tras unos cuantos intentos, consiguió averiguar cómo funcionaban los mandos.

Rápidamente se lavó el cabello y se untó el cuerpo generosamente con gel de ducha. Por último echó la cabeza hacia atrás, cerró los ojos y permitió que el potente chorro de agua arrastrara el jabón de sus cabellos y cuerpo mientras intentaba liberarse de la tensión generada por la presión de los últimos días.

—Estas sí que son bonitas vistas —una voz profunda resonó en el cuarto de baño al tiempo que dos manos ahuecadas le agarraban los pechos.

—¡Eres insaciable! —exclamó Selina tras soltar un grito al ver a Rion, desnudo, a su espalda.

—Y sé que te encanta —contestó él con voz ronca—. Pero siento mucho defraudarte porque esta vez te equivocas. Es mi turno para ducharme —agarrándola por la cintura, la sacó de la cabina antes de envolverla en una enorme toalla—. Vete a tu camarote y vístete, a poder ser con el bikini blanco. Comeremos en el solárium. Nos vemos allí en treinta minutos y te ofreceré una visita guiada por el yate

De regreso a su camarote, Selina abrió el armario y sacó un sujetador, unas braguitas, un par de vaqueros cortos y una camiseta blanca. Desde luego no iba a ponerse el bikini blanco. Rion no necesitaba más estímulos, pensó mientras se sonrojaba.

Por su mente pasaron las imágenes del cuerpo desnudo de Rion cubriéndola. En un intento de regresar a la normalidad, encendió el teléfono y contestó a unas cuantas consultas sobre el trabajo antes de abandonar el camarote y subir a la cubierta principal.

Estaba allí para conseguir una herencia que jamás

había deseado, pero que necesitaba. Una herencia controlada por Rion, pensó con amargura. Ya no se hacía ilusiones. Estaba allí a merced de Rion, como su juguete sexual, y no debía olvidarlo.

Hacía un tiempo magnífico. El sol brillaba en un cielo azul y se reflejaba en el mar. Selina recordó a muchas personas que estaban en peor situación que ella. Debería sentirse agradecida por lo que tenía. ¿Qué eran dos semanas comparadas con toda una vida?

Un hombre de ojos oscuros se acercó portando una bandeja. Se presentó como Marco y se ofreció con una amplia sonrisa a guiarla hasta el solárium. Selina le devolvió la sonrisa y lo acompañó, charlando animadamente mientras subían los tres niveles hasta la terraza indicada. Sorprendida, abrió los ojos desmesuradamente al ver la piscina y el jacuzzi a un lado de la cubierta. Quizás por eso le había ordenado Rion que se pusiera el bikini. Demasiado tarde.

—No me hubiera importado comer en la cubierta principal, Marco —sonrió ella mientras contemplaba la mesa perfectamente dispuesta—. Lo haré la próxima vez.

Rion apareció en las escaleras, procedente del puente de mando y se detuvo para recuperar el aliento, no por falta de aire sino por la imagen que le ofrecía Selina. Vestida con unos minúsculos pantalones y una camiseta, y calzada con unas chanclas, hablaba con el joven Marco y una resplandeciente sonrisa curvaba sus labios. Los ojos brillaban y los maravillosos cabellos parecían de oro bajo el sol.

—No, no lo harás —Rion se acercó a ella—. Aquí soy yo quien decide dónde se come —era muy ruin por su parte, pero había oído el final de la conversación y ver esa sonrisa dirigida hacia Marco le había provocado...

Selina se volvió hacia él. Rion se había duchado y afeitado. Llevaba una camisa abierta y otros pantalones cortos. Estaba muy atractivo, y tan mandón como siempre.

–Sí, mi amo –se burló ella volviéndose de nuevo hacia Marco con la misma sonrisa.

–Veo que vas aprendiendo, cariño –murmuró Rion–. Pero, ¿dónde está el bikini?

–Se me olvidó –contestó ella–. Lo siento –concluyó con una empalagosa sonrisa.

Rion la miró divertido ante el pequeño acto de rebeldía. Se desabrochó un poco más la camisa y se dejó caer en una tumbona, estirando las largas piernas.

–Gracias, Marco –despidió al camarero–. Yo serviré el vino.

–No me extraña que Iris se quejara de lo mandón que eres. Debería haberla escuchado más –observó Selina mientras se llenaba un plato con ensalada, gambas, cigalas y pan tostado. Primero el pescado, después la carne, pensó–. ¿Y qué es de ella? –preguntó antes de empezar a degustar la comida.

–Está casada con un australiano de origen griego y vive en Australia. Tienen un hijo y esperan el nacimiento del segundo cualquier día de estos. Helen está en su salsa ejerciendo de abuela y pasa mucho tiempo allí –le informó él mientras se servía un plato de ensalada y carne.

–¿Y tu padre qué? –preguntó ella entre dos bocados–. Apuesto a que también lo malcría.

–No tuvo la oportunidad de hacerlo –Rion dejó los cubiertos a un lado y la miró con dureza–. Murió hace cinco años. No fue ninguna sorpresa, sabía que tenía el corazón muy dañado y poco tiempo de vida.

–Lo siento mucho. Sé lo unidos que estabais. Debió ser un golpe duro –susurró Selina.

–Deja de fingir que lo sientes, *pethi mou* –espetó Rion. El tratamiento cariñoso era una reminiscencia del pasado, pero con un toque sardónico–. Lo más probable sería que bailaras sobre su tumba. Sé que tu abuelo debió contarte que mi padre hizo un trato con él para comprar la naviera Stakis, y que ese trato te incluía a ti –se encogió de hombros, aunque su rostro se endureció–. Era su último gran negocio antes de jubilarse, su último gran éxito. Se marchó de crucero alrededor del mundo y murió un par de meses después de su regreso. Fin de la historia –retomando los cubiertos, continuó comiendo.

Y Selina también. Sin embargo, algo de la información que acababa de recibir le resultaba inquietante. No estaba muy segura de cuál había sido exactamente el final de la historia.

–Si tu padre... –empezó.

–Ya basta, Selina –él la miró con impaciencia–. Ignoremos el pasado, ¿recuerdas? –apuró la copa de vino blanco y se puso de pie–. Si has terminado de comer, te enseñaré el yate.

Selina se terminó tranquilamente el langostino, negándose a apresurarse, y lo miró con los ojos entornados. Musculoso y enormemente atractivo, Rion era puro nervio, desprendía energía acumulada. Siempre había sido así, y siempre lo sería. Trabajaba duro, apostaba duro y casi nunca descansaba. Ninguna mujer podría atarlo jamás.

–Bueno, de acuerdo, tú guías –ella sacudió la cabeza y se puso en pie–, aunque me sorprende que te guste ir de crucero. Pasar un día tras otro en el mar sin nada que hacer salvo admirar las vistas no parece propio de ti.

–Me encanta el mar –los ojos de Rion despidieron un destello burlón–. Y las vistas –añadió con una sensual sonrisa que dejó a Selina sin aliento–. Pero tienes razón. He trabajado un poco esta mañana... lo hago todos los días.

¿Por qué esa sonrisa le hacía pensar en una pantera?

–Dedico las tardes a relajarme, a veces en la piscina. Pero dado que te has olvidado del bikini, aprovechemos las circunstancias –tras besarla, la condujo hasta la cama.

Al final Selina consiguió visitar el yate con Rion quien le presentó al capitán Ted, un caballero inglés con el que se sintió inmediatamente a gusto.

–Cuando Rion me anunció que se nos iba a unir una vieja amistad al crucero, me imaginé otro Dimitri. Es un inmenso placer conocerte, y también un alivio porque eres mucho más agradable de contemplar –añadió con una sonrisa–. Si necesitas cualquier cosa, pídemelo.

–Para el carro, Ted –intervino Rion mientras abrazaba a Selina por la cintura–. La dama es mi invitada y yo seré quien cubra todas sus necesidades.

Mientras se alejaban del puente de mando, Selina tuvo la fugaz sensación de que Rion podría estar celoso, pero inmediatamente desestimó esa idea.

Cualquiera se habría sentido impresionado con el *Theodora*, un hermoso y lujoso navío con cinco camarotes para invitados y dos salones, pero su trabajo la llevaba en algunas ocasiones a otros yates, incluso más grandes y lujosos. Sin embargo, en ningún otro había encontrado una mezcla tan ecléctica de clásico y moderno, ni conocido a una tripulación que trabajara en una atmósfera tan amistosa. Y eso sí le impresionó bastante.

Capítulo 7

DE REGRESO en su camarote, Selina se volvió a duchar y tras ponerse un conjunto de ropa interior de seda, inspeccionó el armario. No se había llevado ninguno de los bonitos trajes que se ponía para alternar con sus clientes, la mayoría de elevada extracción social. En la pequeña maleta solo había incluido efectos personales, cosas de aseo, un chándal, un jersey, un traje de baño, el bikini y ropa interior, el vestido negro que se había puesto para el entierro y un par de vestidos de verano, uno azul y otro amarillo, dos camisas, dos camisetas y dos bonitos tops, un par de pantalones de lino, los pantalones cortos vaqueros, un par de chanclas, los zapatos negros de tacón y un par de sandalias.

Al final se decidió por el vestido amarillo. Tras aplicarse un poco de crema hidratante en el rostro, se cepilló los cabellos, se calzó las sandalias y se dirigió al salón principal.

Rion, pecaminosamente atractivo vestido con unos pantalones blancos y camisa blanca, se acercó a ella y la tomó del brazo.

—Estás preciosa —murmuró con voz ronca mientras le ofrecía una copa y se reunían con Dimitri y el capitán Ted junto al bar.

Selina probó un sorbo del Martini que había pedido y empezó a sentirse más relajada. Tras averiguar que los padres de Ted vivían muy cerca de su hogar en Inglaterra, ya no se sintió tan extraña rodeada solo de hombres.

La cena fue informal. Marco les sirvió el vino y, a continuación, una comida espectacular. Siendo tres hombres a la mesa, a nadie le sorprendió que la conversación acabara girando en torno a los coches. Al parecer, Rion acababa de comprarse un coche llamado Bugatti Veyron y Ted anunció que estaba pensando en comprarse un Mercedes.

–Seguramente habrás estado en el concesionario ese de Weymouth que tiene un museo y una pista de pruebas. Un amigo mío me llevó allí y me compré un 1400. Lo recogí hace diez días y me encanta, aunque no tuve ocasión de conducirlo más que un par de veces antes de tener que venir a Grecia.

–Supongo que el funeral de un familiar es más importante que un coche –observó Rion–. Al contrario que tu abuelo, el coche seguirá estando allí cuando regreses.

Selina percibió una expresión de frío desprecio en el rostro de Rion.

–Por supuesto –respondió al fin y, envalentonada por el vino, continuó–. Suponiendo que la tía Peggy, que lo está conduciendo en mi ausencia, no haya vuelto a chocar con algo. Se cargó mi escarabajo en un aparcamiento.

Ted y Dimitri rieron, y Rion sonrió, pero sus ojos no desprendían ni rastro de humor.

A pesar de la excelente comida, Selina había perdido el apetito. Se excusó y se marchó antes de que sirvieran el café, pero Rion la siguió, aniquilando su resistencia con una facilidad que le resultó humillante. Y, una vez más, acabó en la enorme cama.

Los días sucesivos fueron similares. Rion era un buen conversador y hablaban sobre muchos temas, aunque sin tocar jamás el pasado. Y cada noche tenían sexo.

En realidad, Selina no pasó ni una sola noche en la cama de su propio camarote.

Cuatro días más tarde, Selina observaba impaciente a Rion, vestido con un traje de neopreno negro que revelaba con todo detalle la perfección física de su cuerpo, que comprobaba su equipo de buceo. Descubrió que buceaba, y que Dimitri participaba en el crucero precisamente por esa razón, dos noches antes. El crucero era en realidad una expedición de submarinismo por las costas de Egipto.

Satisfecho con la inspección, Rion se acercó a Selina, que aguardaba impaciente. La ropa holgada que llevaba no le impidió apreciar el delgado cuerpo y las bien torneadas piernas.

–Aún no estoy muy seguro de esto –observó él contemplando los ojos de Selina que chispeaban de emoción.

Había sido ella quien había sugerido ir a bucear, pero se había negado con la excusa de que no había ningún traje para ella. Y entonces, Dimitri había encontrado un viejo traje en un armario y ella había aprovechado un momento de debilidad de Rion en la cama para conseguir que accediera.

–Recuérdame otra vez dónde conseguiste tu título de buceo –insistió Rion. La noche anterior, su atención había estado ocupada con otras cosas.

–Fui miembro de la escuela de buceo del colegio y al acabar la universidad, pasé seis meses viajando por Oriente Medio. Mi máster en buceo lo obtuve en un curso de diez semanas en Queensland, Australia. Y ahora, ¿me dejas que me ponga el traje?

–De acuerdo, pero ten muy claro que en esta expedición soy yo quien manda.

–Por supuesto, como siempre, ¿no? –sonrió ella arrugando la nariz.

El entusiasmo de Selina resultaba contagioso, como casi todo lo demás, pensó él.

Todos los que estaban a bordo del yate la adoraban, desde el más viejo al más joven. Dimitri y Ted, hombres sumamente reservados, eran incapaces de apartar los ojos de ella, al igual que Marco, anterior ocupante del traje de buceo que llevaba Selina.

La idea de que ese traje hubiera estado pegado al cuerpo de Marco como lo estaba en esos momentos al de Selina, le producía a Rion cierta sensación de desagrado. No estaba seguro del por qué, pero le sucedía con casi todo lo relacionado con Selina. Para ser una mujer que vestía ropas de diseño y que había admitido poseer un Mercedes, sin duda regalo de algún amigo, parecía en su salsa caminando por la borda con un viejo pantalón corto vaquero y una camiseta. Jamás se maquillaba y la única crema que utilizaba era el protector solar. Solía llevar el cabello recogido con un coletero y en los pies calzaba chanclas. Parecía una pobre huerfanita. Una pobre huerfanita muy sexy.

Todas las mujeres que habían sido invitadas anteriormente a borde de ese yate habían llevado generosas capas de maquillaje y se habían pasado horas tomando el sol sobre las tumbonas llevando unos minúsculos bikinis, o simplemente un tanga, mostrando sus atributos a Rion y a cualquier miembro de la tripulación. Por el contrario, cuando Selina se bañaba en la piscina lo hacía con un traje de baño negro, sexy, pero no el bikini con el que tanto había fantaseado. Y jamás tomaba el sol. Normalmente se la podía encontrar sentada a la sombra con un libro, o el teléfono, en las manos. Era la mujer menos vanidosa que hubiera conocido jamás, lo cual no encajaba muy bien con la imagen que se había formado de ella de mujer artera y codiciosa que utilizaba su talento y sus atributos femeninos para vivir a lo grande.

La contempló mientras se quitaba la sudadera y los pantalones y se quedó boquiabierto al ver el diminuto bikini blanco con sus seductores lacitos que mantenían sujetas las piezas. De inmediato sintió la erección presionar dolorosamente contra el neopreno. De su mente escapó todo pensamiento, salvo el que le urgía a zambullirse de inmediato.

Más de una hora después, de regreso al yate, y ya sin el traje de buceo, Selina vació sobre la reluciente cubierta los objetos capturados con su redecilla. Un objeto dorado llamó su atención. Miró ansiosa a Rion, tumbado sobre una hamaca a pocos metros.

—Mira, Rion, esto debe ser de oro. Una moneda, ¿quizás un doblón de un barco pirata? —alargó el brazo y le mostró la moneda—. ¿Qué te parece? —preguntó excitada.

Rion pensó en lo increíblemente brillantes que eran sus ojos, en la vívida imaginación que poseía y en que estaba algo chiflada. Agachada sobre la cubierta, con el trasero apuntando hacia arriba, estaba increíblemente hermosa y medio girada hacia él, le ofrecía una tentadora vista de un perfecto pecho a punto de escapar del triángulo del bikini blanco.

—Podríamos llevarlo al laboratorio para limpiarlo y verlo mejor.

Aunque lo que realmente quería hacer era llevarla al camarote y hacerla suya. Lo estaba volviendo loco. Jamás había buceado con una mujer, pero Selina lo había impresionado. Era realmente buena, salvo por su tendencia a recoger cualquier objeto del fondo del mar. La visión del delicioso cuerpo en el agua había resultado una auténtica tortura.

Hasta ese día, Rion habría jurado que era imposible

experimentar una erección a nueve metros de profundidad.

–Genial, recogeré el resto –Selina se apresuró a meter todos los objetos en la red.

–No, solo la moneda –Rion se levantó de la tumbona y se acercó a ella–. El sol secará el resto –«y con un poco de suerte el viento se lo llevará todo», pensó.

–Buena idea –Selina se puso en pie con el preciado hallazgo en la mano–. Hoy ha sido un día estupendo. Gracias por llevarme a bucear.

–Ha sido un placer –Rion sonrió con ironía.

La condujo hasta el laboratorio de buceo donde se examinaba cualquier hallazgo.

Diez minutos más tarde, Selina contemplaba maravillada la moneda que Rion sujetaba en la palma de la mano.

–¿Qué opinas? ¿Es egipcia o griega, o quizás española? –preguntó entusiasmada.

–Definitivamente griega. Y ahora quiero mi recompensa por haberla limpiado –añadió Rion con voz ronca. Verla saltar de entusiasmo con el diminuto bikini lo estaba matando.

–¿Me la dejas? ¿Es muy antigua?

Ignorante de los problemas de Rion, Selina contemplaba emocionada la moneda en la mano de Rion y, al mirarlo a los ojos, vio el deseo reflejado en su rostro y algo más... una reminiscencia del pasado que la excitó aún más.

–Ya le echaré un vistazo más tarde –concluyó él dejando la moneda sobre la mesa de acero. Sin dejar de sostenerle la mirada le rodeó la cintura con el brazo y la atrajo hacia sí–. Ahora mismo tengo un problema más urgente. El recuerdo de ese bikini me ha estado atormentando durante una semana –susurró contra los labios de Selina, tentándola, aunque sin tocarla mientras deslizaba un dedo bajo el tirante del bikini.

Selina se quedó sin aliento al sentir el duro y ardiente cuerpo contra el suyo. Incapaz de pronunciar palabra, solo podía mirar a Rion que había dado un paso atrás y se estaba quitando el pantalón corto. La visión de la impresionante erección le hizo dar un respingo.

–No aguanto más –murmuró él mientras le arrancaba el sujetador y lo arrojaba al suelo.

Presa de la excitación, ella se lo permitió. Rion la agarró de la cintura y la atrajo hacia sí, inclinando la cabeza para besarle los labios antes de agacharse un poco más para capturar un erecto pezón entre los labios. Tras chuparlo, pasó al otro pezón. Las manos se deslizaron hasta las caderas y desataron los pequeños lacitos que sujetaban la braguita.

Ella vio el masculino rostro, fiel reflejo de la pasión, y se estremeció en ansiosa respuesta mientras que, con un ágil movimiento, las fuertes manos la levantaron para sentarla sobre la mesa y hundirse en su interior, húmedo y dispuesto. Selina clavó las uñas en los hombros de Rion mientras este la tomaba con un insaciable deseo. En pocos segundos se convulsionó, estremeciéndose mientras llegaban juntos al clímax.

Rion la abrazó y hundió la cabeza en su cuerpo hasta que la respiración se le normalizó.

–Yo no...

–No digas ni una palabra. Bájame de aquí –añadió con voz ronca.

–¿Estás bien? –Rion la depositó suavemente en el suelo.

–Lo estaré si encuentro mi bikini –ella miró el cuerpo desnudo de Rion y sonrió compungida. Miró a su alrededor y encontró la braguita que se puso de inmediato.

Rion recuperó el sujetador y los pantalones cortos y también se vistió. ¿Qué podía decir tras tomarla de ese modo sobre una mesa de acero? ¿Iba a contarle que nunca perdía el control? Evidentemente era mentira. Lo había perdido y de manera espectacular.

Selina tomó el sujetador de sus manos y se lo puso. Sintiéndose mucho mejor una vez vestida, volvió a mirar a su alrededor frunciendo el ceño. Al fin se volvió hacia Rion.

—Rion Moralis, como hayas perdido mi moneda te mataré —con los brazos en jarras, lo miró indignada—. La dejaste sobre la mesa y no la veo por ninguna parte.

Sin poder evitarlo, Rion soltó una carcajada.

—No tiene gracia. Puede que tenga un gran valor, ser muy antigua. Dijiste que era griega.

—Y lo es, pero ni es de oro ni es antigua —contestó él con una sonrisa—. Es una moneda de 50 dracmas del año 1990. Ya no es de curso legal porque Grecia adoptó el euro en el año 2001.

—¿En serio? —Selina miró defraudada los ojos burlones de Rion—. Y lo sabías antes de...

—Lo siento, pero sí. Estabas tan entusiasmada que no quise desilusionarte.

—Querrás decir hasta haber conseguido de mí lo que querías —ella lo miró sonriente.

—¿Qué puedo decir? —Rion la tomó en sus brazos—. Un hombre debe hacer lo que debe hacer —enterró el rostro en la hermosa melena y la llevó en brazos hasta el camarote de invitados—. Descansa un poco antes de cenar, Selina, has tenido un día agotador.

Tras besarle la punta de la nariz, Rion se marchó con una amplia sonrisa en los labios.

—Pareces contento —observó Dimitri cuando Rion entró en el salón y se sirvió una copa.

—Y lo estoy —contestó él. Hacía años que no se sentía tan bien—. La zambullida ha sido estupenda y Selina me sorprendió gratamente. Es muy buena.

–¿Y qué pasó con la pieza de oro que descubrió en el fondo del mar?

Rion soltó una carcajada y se lo contó.

–Apuesto a que Selina se sintió defraudada por no haber encontrado el tesoro que creía que era –comentó Dimitri.

–Pues en realidad se lo tomó bastante bien, con humor –le corrigió Rion.

–Selina es una chica estupenda –asintió Dimitri con gesto más serio–. La clase de chica con la que deberías casarte. Si yo fuera soltero, y veinte años más joven, me casaría con ella.

Una punzada de ira atravesó las entrañas de Rion. Selina era una mujer apasionada en la cama, pero jamás olvidaría que lo había traicionado.

–Eso no sucederá jamás. Es mi exmujer.

Dimitri casi se atragantó con su copa.

Selina despertó al oír un fuerte ruido y se giró. La impresión de la cabeza de Rion sobre la almohada era la única señal de que había compartido la cama con ella. Sin embargo, al estirarse, los músculos le recordaron lo sucedido. Durante la cena, Ted y Dimitri habían bromeado a costa de la moneda que había encontrado hasta que Rion había decidido que debían retirarse temprano a la cama. Allí habían dado rienda suelta a sus apetitos y luego la había dejado sola, aunque Selina no se quejaba. Estaba agotada y, al consultar el reloj, soltó un gruñido.

Solo eran las cinco de la mañana. El ruido se hizo más fuerte y ella se tumbó boca abajo y se cubrió la cabeza con la almohada. Necesitaba dormir.

La siguiente vez que abrió los ojos vio a Rion, vestido con sus habituales pantalones cortos y una camisa blanca. Los cabellos seguían mojados de la ducha. Estaba impecable.

–¿Qué hora es? –preguntó Selina y, sin esperar respuesta, continuó–. Me despertó un horrible ruido a las cinco de la mañana. Tú no estabas. ¿Qué era eso?

–Nada de qué preocuparse, y ahora son las diez –Rion le entregó una taza de café–. Tómatelo y vístete. Tengo una sorpresa para ti.

Hundió las manos en el bolsillo y le entregó una moneda.

–¿Esto es una broma? –Selina echó una ojeada a la moneda.

–Pensé que te gustaría quedártela de recuerdo –él le besó suavemente los labios.

–Muy gracioso. Si esta es tu sorpresa, que sepas que no me impresiona nada –contestó ella con una sonrisa.

–No, no es esta la sorpresa. Cuando estés lista, reúnete conmigo en la cubierta de buceo.

Selina contempló boquiabierta el traje de neopreno rojo.

–¡Me encanta! Muchas gracias –Selina rodeó el cuello de Rion con los brazos y lo besó en la mejilla–. ¿De dónde lo has sacado, aquí en medio del mar?

–El ruido que oíste esta madrugada era el de un helicóptero. Hice que lo trajeran de Chipre.

–¿Cómo? –exclamó ella dando un paso hacia atrás. Le resultaba increíble que Rion se hubiera tomado tantas molestias–. Ese helicóptero debe haberte costado una fortuna. Con todas las personas necesitadas que hay en el mundo, no me digas que has malgastado todo ese dinero en un traje de neopreno. El viejo estaba bien.

–No, claro que no –contestó Rion antes de ser interrumpido por Dimitri.

—El helicóptero vino para entregar algunos suministros y más botellas de oxígeno. El traje de neopreno simplemente fue añadido a la lista.

—Genial –rio Selina–. Así no me siento tan culpable.

Salvo por las constantes bromas sobre el hallazgo del tesoro del día anterior, la jornada había resultado perfecta, pensó Selina, vestida con el vestido de seda azul, mientras se reunía con Rion, Ted y Dimitri en el salón principal.

La conversación giró básicamente en torno al tema del buceo, y Dimitri le hizo reír al relatar algunas de sus anécdotas como instructor de buceo. A Selina le sorprendió saber que conocía a Rion desde que este era niño y había enseñado a Theodora, de quien el yate había recibido su nombre, la madre de Rion, a bucear. Selina había dado por hecho que el nombre sería el de alguna mujer con la que Rion se habría relacionado en el pasado y saber que era su madre le produjo un inexplicable alivio.

Dimitri quien, al parecer, también era un geólogo cualificado, había trabajado como instructor de buceo en Grecia cuando contaba veintitantos años, hasta que había conocido a su esposa, una mujer sudamericana, y se había trasladado a Brasil para montar una escuela de buceo allí. No se le había dado nada mal y en esos momentos era su hijo mayor el que la dirigía, de modo que Dimitri tenía todo el tiempo del mundo para dedicarse a la exploración. Era un ávido lector de literatura sobre naufragios y utilizaba sus habilidades como geólogo para estudiar los lechos marinos.

—Por eso pasas casi todo el tiempo buceando con tu cámara, y por eso me impediste recoger nada –observó una sonriente Selina.

–Algo así, cariño –asintió Rion con un tono de humor que arrancó una carcajada en los otros dos hombres.

Selina no había comprendido el chiste, pero el apelativo cariñoso la dejó sin aliento.

Poco después, desnudos y abrazados en la cama, los cuerpos se movieron en perfecta sincronía hasta alcanzar la cima del placer.

Los dos días que siguieron fueron casi un calco del anterior. Rion no le permitía más que una zambullida al día y, aunque no encontró nada de valor, disfrutó de la experiencia. Normalmente le gustaba madrugar, como muy tarde se levantaba a las siete, pero esos días dormía hasta las nueve o más. No sabía si era por el ejercicio, el sol o el sexo, pero se tomaba cada día según viniese.

Sin embargo, en un oscuro rincón de su mente una vocecita le advertía de que era demasiado bueno para que durase. Ese Rion relajado, informal y amistoso no era el verdadero Rion, el despiadado magnate de los negocios que la había echado de su vida.

Capítulo 8

SELINA no estaba segura de qué, o quién, le había despertado y giró la cabeza perezosamente posando la mirada sobre Rion, tumbado de espaldas con un brazo estirado sobre la almohada. Estaba profundamente dormido.

Le había hecho el amor lentamente, con ternura, con muchas risas. Selina había comentado que nunca se había imaginado que una luna de miel pudiera ser tan divertida y él le había vuelto a hacer el amor hasta que, agotados, se habían dormido.

Con mucha delicadeza, le retiró un mechón de negros cabellos de la frente. Cuando dormía parecía más joven y las largas pestañas que rozaban los pómulos escondían la cínica dureza que había percibido en su mirada al volverse a encontrar.

Esa dureza había desaparecido la primera vez que habían buceado juntos, sustituida por humor, incluso ternura. En contra de todos los pronósticos, del pasado común y del motivo de su presencia en el yate, se sentía como si hubiesen desarrollado una amistad.

Nadar en las profundidades marinas entre la vida acuática de todos los colores y formas resultaba mágico. Las señas mediante las que se comunicaban eran instintivas, y casi superfluas. Estaban tan sintonizados que eran los compañeros perfectos. Durante el resto del tiempo, mientras comían, solos o en compañía de otros, la tensión sexual era evidente entre ellos. Se notaba en el ligero roce de su mano sobre el brazo, en las miradas, en el brillo de los negros ojos. Y siempre significaba que Rion deseaba hacerle el amor.

No, se corrigió, el amor no tenía nada que ver.

Intentaba no olvidarlo, pero cada vez le resultaba más difícil creer que la pasión que habían compartido no era más que sexo. Para Rion seguramente lo sería, lo sabía desde el día en que lo había visto con aquellas otras mujeres y oído los comentarios que hacían sobre él en los vídeos.

En un cruel momento de consciencia, supo que ya no podía engañarse más. El dolor de corazón se agudizaba con cada respiración. Y al fin aceptó la verdad.

Amaba a Rion. Seguramente siempre lo había amado.

Tumbada junto a él en la cama reprimió las lágrimas que anegaban sus ojos. Seis años atrás había llorado un mar de esas lágrimas y sabía que debía marcharse de allí antes de desmoronarse y humillarse al volverse a repetir la historia.

Con mucho cuidado para no despertarlo se levantó de la cama, corriendo desnuda hasta su camarote donde cerró la puerta y se tiró boca abajo sobre la cama.

No podía, ni quería, pasar por la agonía y la humillación de amar nuevamente a Rion. Sentía la presión aumentar en su interior, el dolor que era incapaz de prevenir. Unas silenciosas lágrimas de angustia se deslizaron por sus mejillas.

Censurándose a sí misma por su debilidad, se frotó los ojos y, tumbándose de espaldas, contempló el techo mientras por su mente pasaban recuerdos imposibles de borrar.

¿Cómo había podido tropezar dos veces con la misma piedra? Ya no era ninguna adolescente con la cabeza llena de sueños románticos. Era una mujer cultivada de veinticuatro años que había visto de cerca el lado más sórdido de la vida, mucho más de cerca de lo que le habría gustado tener que verlo y, dentro de sus capacidades, intentaba hacer lo posible para mejorar la vida de los menos afortunados que ella.

Así pues, amaba a Rion e iba a tener que vivir con ello hasta su último día.

Se dirigió al cuarto de baño y se duchó. Aún le quedaba el trabajo, sus propósitos en la vida, y le quedaban unos pocos días más con Rion. A pesar de odiarlo por lo que le había hecho, aún lo amaba. Pero eso era algo que él no debía descubrir jamás.

Salió de la ducha, se secó y regresó al dormitorio quedándose de pie junto a la cama. No, tumbarse de nuevo no podía ser una opción. Tras secarse el pelo, se vistió con los pantalones cortos y una camiseta negra. Después se sentó en el sofá y encendió el móvil, sorprendida al comprobar que eran las seis de la mañana.

Más pronto que tarde iba a tener que enfrentarse a Rion y, comprendió, para conservar un mínimo de dignidad debía guardar las apariencias. Debía comportarse del mismo modo. Solo quedaban cinco días, ¿podría con ello? Tenía que hacerlo y, cuando llegara la hora, obtendría el dinero de las acciones y se marcharía con la cabeza bien alta sin mirar atrás.

Esperaría una hora. El bufé desayuno era servido entre las siete y las diez de la mañana por Louis, el chef francés. Mientras tanto, después de contestar algunos mensajes, llamaría a Beth. En Extremo Oriente llevaban unas doce horas de adelanto y era buena hora.

Hablar con Beth le recordó a Selina lo buena que era su vida cotidiana. Informó a su amiga de lo mucho que estaba disfrutando de las vacaciones, buceando con algunos pasajeros del crucero. No era del todo mentira. Simplemente había omitido el hecho de que se trataba de un yate privado. Después de recibir las últimas noticias sobre la fundación y tras prometerle que en unos siete días se reuniría con ella y permanecería tres semanas allí antes de volar a Australia para un trabajo, colgó.

Guardó el teléfono en el bolsillo del pantalón y salió del camarote, decidida a enfrentarse al día... y a Rion.

En el salón principal el desayuno estaba dispuesto. No había nadie, salvo Louis, y Selina se sirvió una taza de café recién molido. Informó al chef de su intención de desayunar en la cubierta y él se ofreció a llevarle algunos de sus famosos bollos recién hechos.

El salón se comunicaba con una zona de descanso semicircular en cubierta, protegida por una mampara tintada y un techo corredizo.

Selina se sentó para disfrutar del café y las vistas.

—*Voilá* —Louis apareció con una bandeja llena de exquisita bollería que dejó sobre la mesita con una exagerada reverencia.

—Louis, me mimas en exceso, solo quería uno —sonrió ella—. Me pondré gorda si como más.

—Ah, Selina, *ma chère*, una mujer tan hermosa merece ser mimada. Confíe en mí, conozco bien a las mujeres y usted no es de las que engordan.

—Y usted es un incorregible seductor —rio Selina.

—Y tanto que lo es —la voz gutural de Rion resonó en cubierta—. Tráeme un café, por favor, Louis —añadió mientras besaba a Selina en el cuello antes de sentarse a su lado.

Ella se sintió derretir ante el contacto y supo, sin asomo de duda, que seguía amándolo.

—Eso está mejor —susurró él—. ¿Qué te pasó? Cuando desperté, mi cama estaba vacía.

—Lo que me pasó fuiste tú. Estabas tumbado en medio del colchón y casi me caigo de la cama. Entonces recordé que tenía que llamar a Beth y que el móvil estaba en mi camarote. Ella está en Extremo Oriente y la hora era perfecta para llamar. Además, tenía que descansar antes de empezar la jornada de buceo de hoy.

Selina era consciente de estar balbuceando, pero no podía evitarlo.

Rion se reclinó en el asiento. No le había hecho ninguna gracia oír el nombre de Beth. Su padre había sido el abogado de Selina durante el divorcio. Sin embargo, no estaba de humor para discusiones y tenía otras cosas en la cabeza.

Tenía prevista una reunión en nueve días, en Atenas, con el dueño de una empresa estadounidense que le había ofrecido la posibilidad de comprar su negocio. Y aquella misma mañana, el empresario había contactado con él para cancelarla con la excusa de que, debido a un cambio de planes, no iba a viajar a Grecia. Sin embargo, durante los siguientes tres días estaría en Malta con su esposa antes de que esta regresara a los Estados Unidos de América. Él debía partir hacia Extremo Oriente, pero había sugerido celebrar una reunión en la isla.

Rion había supuesto que el hombre se lo estaría pensando mejor, pero el trato era demasiado bueno para dejarlo escapar y su mente trabajaba frenética.

—De manera que seguís en contacto. Eso está bien —observó al fin—. En cuanto al buceo, me temo que hoy no voy a poder. Ha surgido algo y necesito trabajar. Dimitri te acompañará.

Selina reconoció la mirada perdida del viejo Rion. Físicamente estaba allí, pero su brillante cerebro estaba a kilómetros de distancia. La vocecilla en su cabeza resonó alto y claro. Había sido demasiado bueno para que durase. Sus miedos habían sido fundados, pues Rion no había cambiado. El trabajo seguía siendo lo primero para él. El submarinismo y el sexo eran meros métodos de relajación.

Y bien que lo demostró aquella noche. El yate se dirigía hacia el último punto de inmersión en el que permanecerían un par de días antes de emprender el regreso a Grecia. Sin embargo, durante la cena, Rion anunció que la zambullida del próximo día, desafortunadamente, sería la última. En cuanto terminara pondrían rumbo a Malta. El capitán Ted había trazado una ruta para que llegaran al día siguiente por la tarde, y Rion había programado una reunión en la capital, La Valeta.

–¿Y nos vamos a Malta, así sin más? –espetó Selina, aún confusa por sus sentimientos hacia Rion, furiosa con él por no ser merecedor de su amor, y furiosa consigo misma por su debilidad.

–Me temo que sí –contestó él mirándola con frialdad–. Tengo un negocio que dirigir, y eso es prioritario.

–Por supuesto –asintió ella con un toque de sarcasmo.

No le sorprendía lo más mínimo. Sabía bien lo persistente que podía ser Rion en los negocios. Tenía dinero y poder, y una despiadada determinación por salirse con la suya, una combinación casi imbatible. Se había casado con ella, y luego divorciado, por negocios, y prácticamente la había chantajeado para acostarse con ella. No llegaba a comprender qué beneficio iba a sacar de lo último, pero no le sorprendería que lo hubiera.

–Malta te va a encantar, Selina. Me han dicho que se pueden hacer muchas compras allí.

–Ya lo sé. He estado allí –contestó furiosa por la condescendencia de Rion y porque se imaginaba que la información sobre las compras se la había transmitido alguna mujer.

–Debía haberlo supuesto. Malta es un lugar de vacaciones muy popular entre los ingleses.

–No estuve de vacaciones. Trabajaba para un jeque árabe –espetó Selina–. Un hombre muy generoso que me concedía mucho tiempo libre.

–Me alegro por ti –contestó él sin atisbo de emoción, aunque los negros ojos emitieron un destello muy desagradable.

–Pues sí, fue estupendo. Pude bucear en la isla de Gozo –Selina apartó la mirada de Rion y la posó sobre Dimitri–. Deberías probarlo, Dimitri, suponiendo que aún no lo hayas hecho. La formación rocosa de la isla es fascinante, y la cantidad de naufragios impresionante.

–Pues no he estado allí –Dimitri sonrió–, pero si llegamos lo bastante pronto, quizás puedas enseñármelo, ya que Rion estará ocupado.

–Me encantaría –asintió ella.

–Olvídalo –rugió Rion con el ceño fruncido.

En cuanto Selina había entrado en el salón, había percibido algo extraño en ella. El vestido azul, o el amarillo, que solía llevar había sido sustituido por unos pantalones blancos que se ceñían a las caderas y los muslos, y un cortísimo top verde. Y, por primera vez desde que había subido a bordo, se había maquillado.

Estaba preciosa. La suave curvatura de sus pechos se marcaba en el top de seda y los cabellos flotaban en suaves ondas sobre los hombros. No tenía nada que ver con la imagen de pobre huerfanita que había llegado a conocer y amar. Sin embargo, no se sentía defraudado. Selina era tal y como había pensado, igual que todas las mujeres que intentaban provocar sus celos, tentándole deliberadamente, seguramente porque había estado trabajando todo el día y no le había prestado atención. Además, estaba coqueteando descaradamente con Dimitri. Pero Rion nunca se ponía celoso, y ninguna mujer lo distraía jamás de su trabajo, de modo que se negó a picar el anzuelo.

–Cuando estemos en Malta, dudo mucho que haya suficiente luz para acercarse a Gozo a practicar el submarinismo. Además, he invitado a cenar a una pareja norteamericana y tendrás que arreglarte primero. Lo siento, Selina, otra vez será... quizás.

–No hace falta que te disculpes –Selina miró fijamente a Rion–, no importa. En mi trabajo tengo muchas oportunidades de ocio –sonrió dulcemente y continuó comiendo.

No llegaba a comprender por qué amaba a Rion. Era el hombre más arrogante y autoritario que hubiera conocido jamás, y eso que había conocido a unos cuantos. Algunos incluso más ricos que Rion y, hasta cierto punto, más atractivos. El jeque árabe, por ejemplo, era el hombre más bello que hubiera visto nunca, y sorprendentemente amable. Estaba felizmente casado con cuatro esposas, pero le había asegurado que, de tener algún puesto vacante, se casaría con ella.

El resto de la cena transcurrió en un ambiente bastante tenso. Selina sentía los nervios a flor de piel cada vez que levantaba la vista y se encontraba con la oscura e impenetrable mirada de Rion, y se alegró de que terminara la cena.

–Buenas noches –se despidió de los hombres que salieron a cubierta a tomar una copa.

De regreso al camarote, se desnudó. Sintiéndose vulnerable, se había maquillado y vestido de manera diferente para elevar su autoestima. Pero en esos momentos, mientras se limpiaba el rostro, se preguntó de qué le había servido. Tras recogerse los cabellos se dio una ducha rápida. Con el albornoz puesto, regresó a la habitación y se quedó helada al ver a Rion junto a la mesa con su móvil en la mano.

–¿Qué haces con mi teléfono? –preguntó ella mientras se lo arrancaba de las manos–. Es una propiedad privada y no tienes derecho a tocarlo.

–Estabas en la ducha y decidí contestar por ti –contestó Rion–. Alguien llamado Trevor quería que le confirmaras la fecha de tu llegada.

Rion estaba furioso. Su expresión era impasible, pero el brillo en su mirada delataba la tensión que sentía por dentro.

–Luego lo llamaré –espetó Selina mientras se guardaba el teléfono en el bolsillo.

Pero Rion aún no había terminado.

–Le dije que no sabía la fecha exacta, pero que serías mi compañera de crucero durante los siguientes cuatro días, por si le servía de ayuda.

–¡Maldito seas! –exclamó ella.

Rion alargó una mano hacia el cinturón del albornoz, pero ella le dio una palmada mirándolo furiosa.

–¿Por qué demonios le dijiste eso?

–Porque es la verdad, algo a lo que tú pareces alérgica. Pareces nerviosa, Selina. ¿Es porque Trevor cree ser tu único amante? –preguntó con cinismo.

–No seas ridículo. Tan solo dime que no le mencionaste quién eras.

–Pues lo cierto es que no lo hice –Rion entornó los ojos y contempló el ruborizado y furioso rostro–. El pobre diablo pareció tan sorprendido de que estuvieras con otro hombre que ni siquiera lo preguntó. En realidad se disculpó por molestarte y colgó apresuradamente. ¿Qué importancia puede tener mi nombre? –inquirió secamente.

–¿No lo comprendes? No quiero que nadie sepa que estoy contigo –contestó ella. Y mucho menos Trevor que, por cierto, es el marido de Beth. Ya le he mentido a Anna. Y a la tía Peggy y a Beth les he contado que me iba de crucero por el Mediterráneo con cientos de pasajeros más. Beth tendrá un millón de preguntas que hacerme cuando se entere de que estoy con un hombre. Gracias a Dios que no sabe que se trata de ti. Te odia.

–Yo tampoco es que la adore –intervino Rion mientras la agarraba de los hombros y la atraía hacia sí–. Pero tú sabes que se trata de otra cosa, Selina –añadió antes de besarla.

Selina se estremeció, intensamente consciente de estar desnuda bajo el albornoz. Al levantar la vista vio el delatador brillo en los negros ojos. ¿Dónde había ido a parar su ira? La camisa blanca desabrochada dejaba al descubierto el fuerte cuello. Tenía un aspecto peligrosamente sexy y seguro de sí mismo.

–No perdono las mentiras, pero puedo comprender tus motivos y pasar por alto la falsedad porque sé que no puedes evitarlo. Eres hermosa e increíblemente sensual –él sonrió–. También comprendo por qué estabas tan irritable durante la cena. Te vestiste para coquetear conmigo porque te he tenido todo el día desatendida –estaba tan seguro de sí mismo que ni siquiera se molestaba en esconder su arrogancia.

–¡Eres increíble! –exclamó Selina mirándolo con una mezcla de fascinación y horror.

El razonamiento era tan equivocado que casi resultaba cómico y ella se preguntó qué opinaría si supiera la verdad, que aún lo amaba y que su comportamiento había sido un mecanismo de defensa para ocultarlo.

–¿Y qué pretendías que hiciera después de tu pequeño numerito? –la sonrisa había desaparecido del rostro de Rion–. ¿Alterar mi agenda? ¿Exigirte el nombre del jeque árabe? Ya me conoces, Selina. Sabes quién soy, lo que hago. Y sabes que no soy celoso.

–Pues quién lo diría –contraatacó ella–. Al contestar mi teléfono con esa pose machista me has colocado en una situación imposible en la que tendré que mentir a Beth una vez más e inventarme una amistad masculina. A veces me pones enferma, Rion. ¿Alguna vez piensas en alguien que no seas tú?

–Bueno, ahora mismo estoy pensando en ti –susurró él en tono burlón mientras le acariciaba el cuello.

–El sexo no es pensar en otra persona –Selina perdió los nervios y lo empujó furiosa–. Para ti se trata de obtener lo que deseas sin pensar en nadie más –continuó sin importarle la ira que se reflejaba en los negros ojos–. Bueno, pues esta noche no está en mi agenda –temblaba de rabia y dio un par de pasos hacia atrás con los ojos húmedos–. Sal de aquí, Rion. Márchate.

Rion vio las lágrimas en los ojos ambarinos y la ira que sentía se esfumó ligeramente. Estaba muy alterada, emotiva, y él no sabía tratar con mujeres emotivas.

–Tranquila, ya me voy. Que seas una histérica, y saber que soy tu pequeño y sucio secreto me ha enfriado. Te veré por la mañana –se despidió fríamente cerrando la puerta.

Capítulo 9

ESTO es ridículo, Rion. No me gusta ir de compras y no necesito ningún vestido nuevo.

Eran las tres y media de la tarde y el yate estaba atracado en el puerto principal de Malta. Rion llevaba un impecable traje gris plata, camisa blanca y corbata a rayas. Selina, con sus pantalones blancos de lino y una camiseta, lo miraba desafiante desde la cubierta.

–Siento discrepar, pero, por bonitos que sean, al parecer solo tienes tres vestidos, el amarillo, el azul y el negro, y ninguno es adecuado para la velada de esta noche. Justin y su esposa esperan lo mejor. Necesitas algo glamuroso, y que no sea negro. Gástate lo que quieras y combínalo con zapatos, joyas, lo que sea. Y ahora, súbete al coche o llegaré tarde a la reunión. El chófer me dejará primero y luego te llevará de tiendas.

–De acuerdo –sintiéndose insultada, Selina tomó asiento en la parte trasera del coche.

Todavía estaba furiosa por lo sucedido la noche anterior, y la llamada de Beth no la había ayudado. Beth había querido saberlo todo sobre ese hombre. Trevor le había dicho que parecía un hombre autoritario y celoso y ella había exigido conocer toda la historia.

Mintiendo a su amiga, le había contado que se trataba de uno de los pasajeros del crucero, un viudo que estaba de vacaciones y con quien había trabado amistad, pero nada más. No estaba segura de que la hubiera creído y enseguida había cambiado de tema.

Rion se sentó a su lado en el coche, rozándole la pierna con el muslo, haciendo que Selina fuera intensamente consciente de su presencia. Al fin decidió que se gastaría el dinero de Rion, y que disfrutaría haciéndolo. La ropa la donaría a la beneficencia en cuanto regresaran a Grecia dos días después.

Y de repente, la idea del tiempo que faltaba para regresar no le resultó nada satisfactoria.

Rion había pedido glamour y, echando una última ojeada al espejo, Selina sonrió satisfecha. El peluquero había hecho maravillas.

El vestido de seda, color azul medianoche, había costado una fortuna, igual que los zapatos. Tanto que, sintiéndose culpable, pasó por alto la sugerencia sobre la joyería.

Rion oyó el suspiro de Dimitri y se volvió, quedándose helado al ver a Selina acercarse.

—¿Te parece lo bastante glamuroso? —preguntó ella.

Rion se había quedado sin habla. Jamás había visto a Selina así. Los preciosos cabellos estaban recogidos en una corona de rizos sobre la cabeza, salvo por un par de mechones que enmarcaban el hermoso rostro. Los enormes ojos color ámbar estaban perfectamente maquillados, al igual que los labios, pintados en un tono rojo escarlata.

En cuanto al vestido, no le sorprendió la reacción de Dimitri. La prenda dejaba poco a la imaginación. Los tirantes, incrustados de pedrería, se ensanchaban en dos piezas triangulares que apenas cubrían los pechos. La falda se abrazaba a las caderas y los muslos hasta terminar unos cinco centímetros por encima de las rodillas. Las piernas estaban cubiertas por medias de seda y los pies calzados con unos zapatos de tacón imposiblemente alto.

–Estás impresionante, aunque es un poco atrevido –murmuró Rion con la mirada posada en los pechos mientras le rodeaba la cintura con un brazo. Y entonces descubrió la espalda

El vestido dejaba la espalda al aire, casi hasta la base de la columna donde una cremallera oculta sujetaba la tela firmemente pegada al bonito trasero.

–¿Verdad que es bonito? –ella lo miró con ojos felinos.

–¡No puedes ponerte eso! –exclamó él agarrándola del brazo. Estaba espectacular, pero nadie más que él debía verlo–. Ponte el vestido negro.

–El coche ha llegado al muelle –anunció el capitán Ted–. Tus invitados... –al ver a Selina se interrumpió y abrió los ojos desmesuradamente.

–Ya vamos –asintió Rion deslizando la mano hasta la espalda de Selina e inclinándose hacia ella–. Ya es demasiado tarde para que te cambies, pero te lo advierto: anoche te eché mucho de menos y yo también sé jugar a tu juego.

De pie en la cubierta, aguardando la llegada de los invitados, Selina empezó a dudar de la conveniencia del vestido. Pegada a Rion, que le acariciaba la espalda, estaba sufriendo una auténtica tortura y apenas podía respirar.

–Déjalo ya –exclamó en voz baja.

–La atracción sexual es una carretera de dos sentidos, qué doloroso, ¿verdad? –Rion sonrió–. Nuestros invitados ya han llegado.

Con el cuerpo aún ardiendo donde había estado la mano de Rion, Selina contempló a la pareja que subía a bordo. De repente los ojos color ámbar se abrieron desmesuradamente, horrorizados, y la sangre se heló en sus venas.

La mujer iba vestida con mucha elegancia y rondaba los cuarenta y cinco. Sin embargo, su mente estaba centrada en el hombre. Esperaba haberse equivocado.

El hombre presentó a Rion a su mujer y entonces llegó su turno.

—Selina, te presento a Justin Bratchet y su esposa, Alice.

Horrorizada, Selina estrechó primero la mano de Alice e intentó sonreír hasta que no le quedó más remedio que mirar al hombre, Justin Bratchet.

—Encantada de conocerlo —mintió con la carne de gallina y abreviando el contacto físico.

La cena resultó ilustrativa, pero también una pesadilla para Selina, que se excusó en cuanto pudo.

Rion despidió a la pareja en el muelle y regresó a bordo del yate. La velada había sido un éxito. La reunión de la tarde también había ido bien y el trato, tras algunos ajustes, parecía un buen negocio. Sin embargo, el comportamiento de Selina había sido un poco extraño. La había notado muy tensa y no se le había escapado la expresión de sus ojos al saludar a Justin. Tenía la sensación de que Selina conocía a ese hombre.

¿Podía ser que Selina se hubiera encontrado con Bratchet en alguno de sus viajes? Por la mañana la había buscado en Internet por primera vez y le había sorprendido lo encontrado. Estaba en la lista de intérpretes y traductores de una de las mejores agencias internacionales, conocida por su discreción y contratada por gobiernos de todo el mundo. Había una foto suya, con un aspecto espléndido y a la vez profesional, junto a un jeque árabe en una feria internacional en China. Entre los delegados había varios jefes de Estado. Era evidente que

Selina era una profesional de altura que se ganaba muy bien la vida. Quizás estuviera equivocado sobre ella y no fuera la típica cazafortunas.

En cuanto entró en su camarote se dio cuenta de que ella no estaba. Tras quitarse los zapatos, la chaqueta y la corbata, y desabrocharse la camisa, se dirigió al camarote contiguo. Iba a quitarle a Selina el provocativo vestido y sus labios dibujaron una sonrisa de expectación. Al abrir la puerta comprobó que los zapatos y las medias habían desaparecido. Una pena, porque también le hubiera gustado quitárselos personalmente.

Pero la sonrisa se le borró de los labios al darse cuenta de que Selina hablaba por teléfono.

—Ah, eres tú —el ruido de la puerta la había sobresaltado y enseguida colgó la llamada.

—Pues claro que soy yo —Rion la contempló con expresión neutra—. ¿Quién querías que fuera? ¿El hombre al teléfono? —con dos grandes zancadas estuvo junto a ella.

—No era ningún hombre, hablaba con la tía Peggy —mintió Selina sin poder mirarlo a la cara.

—¿La llamas a las doce de la noche? —insistió él.

—Sí —Selina buscó una respuesta rápida—. En Inglaterra es algo más pronto.

—Te creo —Rion enarcó una ceja y la miró con gesto de sospecha—. ¿En qué más me estoy equivocando? Tengo la sensación de que ya conocías a Justin Bratchet, ¿tengo razón?

—¡No! —exclamó ella sacudiendo la cabeza, aliviada de no tener que mentir.

—Pues parecías haberlo reconocido. Quizás de alguno de tus viajes. Hoy te he buscado en Google y he descubierto que eres una de las más cualificadas en tu profesión.

—¿Qué has hecho?

–Estás citada en la lista de la agencia internacional para la que trabajas.

–Entiendo –Selina suspiró agradecida por haber convencido a Beth para que no la nombrara en la lista de su organización benéfica. Su carrera era muy importante y al menos uno de sus antiguos clientes no se sentiría feliz si supiera a qué se dedicaba en su tiempo libre–. De todos modos, no conocía al señor Bratchet y, con suerte, no volveré a verlo jamás.

–Me despistaste. Me he entrevistado unas cuantas veces con él en Nueva York y conozco su fama de mujeriego. Tú parecías coquetear con él.

Y lo había hecho, pero solo para intentar descubrir cuál sería su próximo destino. Sus esfuerzos habían dado frutos, pero no podía contárselo a Rion.

–Cuando te preguntó qué hacías para vivir, le contestaste que lo menos posible. ¿Por qué?

–Porque lo más sencillo cuando estás ante un millonario que se cree Dios, es decirle lo que sabes que quiere oír. ¿Satisfecho? –espetó ella. Había hablado de más y la visión de Rion, descalzo y con la camisa desabrochada era demasiado cautivadora.

–Desde luego la tienes tomada con ese pobre hombre –Rion escudriñó el sonrojado rostro–. ¿Y qué si le gustan las mujeres y flirtea con ellas? No creo que sea ningún crimen.

–Lo dices porque sois amigos. En realidad siento lástima por su mujer, la pobre.

–Desperdicias tu simpatía con Alice. Era viuda cuando se casó con Justin hace tres años. Él se ocupa de ella y de la hija de Alice, y ahora también de su nieto. A esa mujer le ha tocado la lotería, créeme. Jamás lo abandonará. Lo supe en cuanto la vi.

–Si tú lo dices –asintió Selina. Era tarde y la conversación empezaba a ser absurda.

–¿Es otro ejemplo de tu manera de decirle a un hombre lo que quiere oír? –preguntó Rion con sarcasmo mientras la agarraba de los hombros para atraerla hacia sí antes de besarla con tal pasión que la dejó sin aliento.

Rion deslizó los tirantes del vestido por los hombros, no sin la ayuda de Selina que necesitaba borrar la horrible velada de su mente y ansiaba lo que solo Rion podía darle.

–Sabía que no llevabas sujetador –susurró Rion–. Tus pechos son perfectos –murmuró deteniendo la mirada en las suaves protuberancias antes de levantar la vista hacia sus ojos–. No tienes ni idea de lo que me haces, Selina. He deseado arrancarte este vestido desde el instante en que te vi vestida con él.

–Ya me imaginé que te gustaría –observó ella.

Rion sonrió y empezó a desnudarse. Casi sin aliento, Selina se limitó a contemplar el magnífico y bronceado cuerpo y se dispuso a deshacerse cuanto antes del vestido.

–No, déjame a mí –le ordenó Rion.

Tomándola en brazos, la dejó sobre la cama y se acomodó junto a ella.

Con un ágil movimiento la tumbó boca abajo y comenzó a dibujar un sendero de besos por su columna mientras le subía lentamente el vestido. Selina se estremeció al sentir los hábiles dedos de Rion cuyos sensuales labios continuaban torturándola mientras se deslizaban por sus muslos y las corvas. Ya sin el vestido, le volvió a dar la vuelta y continuó las caricias en sentido ascendente. Por fin atrapó los labios de Selina con los suyos en un apasionado beso mientras se instalaba entre sus muslos.

Selina se agarró a él como si su vida dependiera de ello. Acarició la sedosa piel de bronce y le besó el atlético torso, los oscuros pezones. Al oír el gutural gemido, levantó las caderas para recibirlo y gritó presa de un exquisito placer ante la sensación que se intensificaba con cada embestida hasta alcanzar mutuamente el enloquecedor clímax.

Más tarde comprendió que, a pesar del orgásmico sexo, no podría conciliar el sueño.

Por suerte no le había hablado a Rion del centro de acogida para niños que Beth y su marido dirigían en Camboya. Ella había contribuido a su puesta en marcha y colaboraba en su financiación.

Beth y ella habían dedicado las vacaciones de verano del último año de universidad a viajar por Tailandia y Camboya. Beth había conocido a Trevor, un estadounidense, y había sido amor a primera vista. Había sido Trevor quien les había mostrado el horrible comercio sexual infantil en Camboya y les había explicado cómo gente sin escrúpulos recorría los pueblos ofreciendo a las familias más pobres un trabajo en la gran ciudad para sus hijos, ya fuera como camarera o mozo de hotel. Por supuesto el trabajo era falso y los niños eran recluidos en una especie de hotel donde sufrían todo tipo de abusos sexuales. Pero para Selina, lo más trágico era que, tras haber sufrido repetidos abusos a diario, esos niños se avergonzaban demasiado como para contárselo a sus padres.

Con regularidad, aviones fletados desde Europa, Japón y los Estados Unidos de América aterrizaban en la capital para viajes sexuales organizados. Muchos de los participantes buscaban niños, cuanto más jóvenes mejor.

Trevor le explicó que sus conocimientos sobre el tráfico sexual infantil los había adquirido a través de su padre que trabajaba para el gobierno de los Estados Unidos, uno de los pocos países que permitía la extradición de cualquiera de sus ciudadanos arrestado por

pedofilia en Camboya. Oír hablar a su padre de su trabajo, y ver por sí mismo los efectos, le había convencido para montar un centro de acogida.

Beth, siempre sensible a las injusticias, era su pareja
perfecta y ya durante esas vacaciones maduró la idea de
la fundación que regentaban. Selina aún no había tocado el dinero obtenido tras el acuerdo de divorcio porque todavía le quedaba dinero del fideicomiso de su padre. De modo que, tras licenciarse al año siguiente, lo
donó todo a la organización de sus amigos. Con la
ayuda del padre de Beth se habían solventado las cues-
tiones legales y se había adquirido una propiedad con-
vertida en un centro de acogida con quince dormitorios,
aulas, talleres y todo lo necesario para ayudar a los niños a recuperar su autoestima y equiparles con las he-
rramientas necesarias para ganarse la vida dignamente.

Beth y Trevor se habían casado aquellas Navidades
y Selina había sido la dama de honor. Al año siguiente
habían inaugurado el centro de acogida y, con la ayuda
de un político camboyano, un inspector de policía y un
abogado local, habían acogido a diez niños. Selina había permanecido con ellos durante tres meses para ayudar, antes de instalarse otros tres meses en Australia
para trabajar como intérprete para una empresa turística
especializada en turistas chinos. Allí había aprovechado
para aprender a bucear. Después de aquello había sido
contratada por la agencia internacional para la que aún
trabajaba.

Hasta la fecha, el centro había rescatado a más de
cuarenta niños, algunos de tan solo seis años. Algunos
habían regresado con sus familias y otros habían aprendido un oficio y encontrado un trabajo decente. Otros
seguían en el centro y, tristemente, dos de las chicas
más mayores, si se podían considerar mayores a los ca-
torce años, habían regresado al oficio del sexo. Eran se-

ropositivas y sabían que en su cultura no encontrarían marido.

Selina aceptó un zumo de naranja de manos de Louis, pero se negó a comer nada. Salió a la cubierta y se detuvo. El cielo estaba raso y hacía mucho calor. El viaje llegaba a su fin y sentía el corazón encogido.

Rion desayunaba unos huevos revueltos mientras tecleaba en el portátil.

Una noche más con él y todo habría terminado. Al día siguiente llegarían a Grecia y el trato que tenían habría concluido, los frágiles lazos que les unían serían cortados. Jamás volverían a encontrarse. Ella recibiría su herencia, o mejor dicho la recibirían Anna y la fundación Taylor. Un buen resultado, razonó. Rion elegiría otra mujer y ella... ¿qué haría?

—No te quedes ahí, acompáñame.

—Parecías ocupado —Selina optó por no contestar su propia pregunta y, sonriente, tomó asiento frente a Rion—. ¿Alguna vez dejas de trabajar? —preguntó mientras bebía el zumo.

Rion le tomó una mano y le besó la palma, provocándole un escalofrío. Una sensual sonrisa curvó los masculinos labios y ella retiró la mano.

—Lo haré dentro de media hora. Tengo que ocuparme de unos cuantos detalles del acuerdo con Bratchet. Tiene buena pinta, aunque no me va a salir barato.

—¿Vas a hacer negocios con ese hombre? —preguntó ella.

—No, no voy a hacer negocios con él —el evidente alivio reflejado en el rostro de Selina fue rápidamente borrado con la siguiente frase de Rion—. Quiere deshacerse de todo. Es un buen trato, sobre todo por la propiedad de Nueva York. Aunque estemos en época de recesión, no se puede desperdiciar la oportunidad de poseer una propiedad en una de las mayores ciudades del mundo. Bratchet lo sabe y me sorprende que su único motivo para vender sea que quiera dedicarse a Alice y a su familia. Pide más de lo que me gustaría pagar, pero en la vida todo es negociable y al final conseguiré un precio justo –sonrió.

–Seguro que sí –asintió Selina.

No se le escapó la ironía de que la única ocasión en que Rion le había hablado de su trabajo fuera en esos momentos. Tenía una idea bastante buena de los motivos de Bratchet para vender, y no soportaba pensar en por qué mimaba tanto al nieto de su mujer...

–Dame cinco minutos y te dedicaré toda mi atención el resto del día.

–De acuerdo –Selina observó distraídamente a Rion.

El día anterior a la inauguración del centro de acogida en Camboya, había estado charlando animadamente con Clint, el padre de Trevor, en el vestíbulo del hotel. Había sido él quien había señalado a Justin Bratchet que casualmente pasó frente a ellos. Bratchet, le había explicado, era un visitante asiduo de Camboya, adonde acudía para saciar su gusto por los niños pequeños. Un contacto de la policía acababa de informar a Clint del arresto de Bratchet el día anterior, por haber abusado de un pequeño de ocho años que había terminado en el hospital. Pero Bratchet era un hombre muy rico y debía haber sobornado a las personas adecuadas puesto que los cargos habían sido retirados.

Selina se había sentido horrorizada y había preguntado por qué los estadounidenses no lo habían arrestado. Clint le había informado de que no podían hacerlo. Solo podían extraditar a alguien para juzgarlo en casa si las autoridades camboyanas lo arrestaban primero. Sin embargo, estaba seguro de que, tarde o temprano, lo pillarían.

Durante la cena de la noche anterior, Selina se las había arreglado para averiguar que Bratchet se dirigía a Extremo Oriente al día siguiente por motivo de negocios, mientras que su esposa regresaba a los Estados Unidos de América.

–Ya está, Selina, basta de trabajar. ¿Dónde te gustaría bucear hoy? ¿Alrededor de Gozo?

–Creía que hoy poníamos rumbo a Grecia –ella abrió los ojos desmesuradamente.

–No tengo prisa. Podemos tomarnos un día o dos más, si te apetece.

El día anterior habría accedido, pero en esos momentos... La noche anterior no había telefoneado a la tía Peggy sino a Trevor. Una llamada rápida para informarle de la presencia de Bratchet y su esposa en Malta y de los planes del primero de partir hacia Extremo Oriente al día siguiente, sin su esposa.

–¿Y qué pasa con el acuerdo con Bratchet? Has dicho que te iba a salir bastante caro, ¿sigues empeñado en ello? –deseó con todas sus fuerzas que Rion contestase que no.

–Por supuesto que sigo. ¿Qué tienes contra ese hombre? ¿Es porque coqueteó contigo?

–No. Además, soy demasiado mayor para sus gustos –contestó Selina con una ironía que Rion no captó–. Es que hay algo en él que no me gusta –quiso contarle la verdad, pero no estaba segura de poder confiar en él.

Rion se levantó de la silla y, acercándose, tiró de ella para que se levantara también.

–Cuando hay un buen negocio en ciernes –le explicó, observando atentamente el bonito rostro–, no podría importarme menos que fuera un asesino en serie. Siempre que el negocio sea legal, me sirve. Y ahora dime, ¿quieres ir a Gozo o no?

–No –contestó ella con resignación mientras soltaba la mano y daba un paso atrás.

Para ellos no había ningún futuro. ¿De qué serviría prolongar la agonía?

Después de escuchar las palabras de Rion, sabía que no podía hablarle de Bratchet. Por mucho que lo amara, no se atrevía a confiar en él, no cuando había otras personas, sobre todo niños, implicadas.

Si su intuición era acertada y Bratchet iba camino de Camboya, Rion no dudaría en advertirle. Quizás no lo hiciera tanto por el negocio como por enfrentarse a ese tipo, pero no le cabía la menor duda de que Bratchet sería advertido.

–Tú y yo teníamos un trato. Dos semanas, que se cumplen mañana en Grecia. Yo te vendo las acciones, tú me pagas y fin de la historia.

Levantó la vista hacia el perfectamente esculpido rostro que la miraba impasible. El leve destello de dolor que le pareció percibir en sus ojos debía ser cosa de su imaginación.

–Tienes razón, Selina. Un trato es un trato –contestó Rion con frialdad–. Le diré a Ted que prepare el barco para zarpar de inmediato y me pondré en contacto con Kadiekis para que organice una reunión cuando tenga preparados los documentos necesarios. Hablé con él el día después de que zarpásemos de Letos y estuvo de acuerdo en informar a Anna por carta según los términos que habíamos acordado tú y yo. Seguramente ya habrá recibido la notificación –dándose media vuelta, Rion se alejó.

–Espera –ella sintió una punzada de culpabilidad–. Te has dejado el portátil –continuó con un hilillo de voz–. Está a pleno sol y se va a estropear.

–Qué admirable tu preocupación por mis propiedades, Selina –observó él con sarcasmo–. Y, por cierto, tú también eres de mi propiedad durante un día más –le recordó–. Te veré más tarde.

Rion observaba con el ceño fruncido las maniobras del yate que se alejaba del puerto. Conocía bien a las mujeres y sabía que Selina había disfrutado tanto como él de las vacaciones, pero había rechazado categóricamente la sugerencia de prolongarlas siquiera un par de días. No podía esperar ni un minuto más para marcharse, y eso le preocupaba.

Debería sentirse contento. Todo había salido de acuerdo con sus planes. Las relajantes vacaciones habían resultado aún más satisfactorias gracias a la presencia de Selina. Se había vengado de su infidelidad y disfrutado de cada instante. Ya estaba listo para regresar al trabajo a tiempo completo, sobre todo con el trato de Bratchet aún pendiente.

Si todo le iba tan bien, ¿por qué no se sentía satisfecho? ¿Y por qué incluir «Selina», y «venganza», en la misma frase le hacía sentir tan culpable?

Capítulo 10

S IÉNTATE –ordenó Rion señalando una silla al otro lado de su escritorio.

Selina llevaba el vestido negro que había lucido en el entierro de su abuelo. Los cabellos estaban recogidos en una gruesa cola de caballo y el rostro perfectamente maquillado. La observó alisarse la falda antes de sentarse. Tenía un aspecto elegante y profesional, pero en su mente, Rion solo veía el sublime cuerpo desnudo, la suave piel, los pechos perfectos que había saboreado tantas veces. La noche anterior había sido como una llama ardiente en sus brazos. Habían hecho el amor hasta altas horas de la madrugada. Pero en esos momentos aparecía ante él fría y serena. Había ido a buscar su dinero...

Selina echó un vistazo al enorme despacho, todo de acero y cristal, duro como su dueño. Se habían reunido con el abogado durante el desayuno, fingiendo ser buenos amigos, mientras Kadiekis explicaba el proceso del traspaso de las acciones a Selina para que ella, a su vez, pudiera vendérselas a Rion. Con ello se garantizaría la suma acordada para Anna y se saldarían todas las deudas, y aún quedaría una generosa cantidad para Selina quien había firmado los documentos necesarios, entre los que estaba el papel que cancelaba la tutela de Rion sobre ella. Aquello había resultado muy desagradable, sobre todo cuando Kadiekis había entregado las acciones directamente a Rion para que las tuviera a buen recaudo, como si ella fuera una descerebrada que fuera a perderlas antes de desembarcar.

El posterior trayecto en coche hasta las oficinas de Rion en Atenas había durado casi una hora y había sido mucho peor.

Rion se había pasado todo el rato trabajando con su portátil o haciendo llamadas, sin dirigirle la palabra ni una sola vez. No es que ella lo hubiera deseado, pero la consciencia de su presencia era demasiado fuerte. Iba vestido con un impecable traje gris. Estaba sumamente atractivo y ella no había podido evitar permanecer atenta a todos sus movimientos, al leve roce del muslo contra el suyo siguiendo el movimiento del coche.

Cuando por fin se apearon del vehículo se sentía acalorada y con los nervios a flor de piel. Y esa tensión nerviosa no había amainado lo más mínimo cuando la había agarrado del brazo para guiarla hasta su despacho.

—Siéntate.

—No soy ningún perro —espetó ella.

—No —asintió él enarcando una ceja.

El insulto, callado aunque insinuado, enfureció a Selina. Ese era el hombre al que estúpidamente había entregado su cuerpo, su corazón y su alma la noche anterior.

—Sabes comerciar con insultos, Rion. ¿Por qué me sorprende? —bufó ella—. Ya comerciaste conmigo a cambio de una empresa, y luego a cambio de sexo. Negociarías con el mismísimo diablo, como Bratchet, por ejemplo. Y ahora, pásame la hoja para que la firme. No entiendo por qué no hemos podido hacerlo en el yate.

—Estás exagerando ante un supuesto insulto. Pero dejemos una cosa bien clara —espetó Rion—. Jamás me habría casado contigo a cambio de la naviera Stakis. Lo hice porque habíamos practicado sexo sin protección y, ante la posibilidad de que te hubieras quedado embarazada, me pareció lo más correcto.

—¡Dios mío! —exclamó ella horrorizada—. ¿Y se supone que eso debe hacerme sentir mejor? Dame ese maldito papel para que lo firme.

Rion hizo lo que le pidió sin mover siquiera un músculo del rostro. Estaba a punto de perder los nervios, pero haciendo un supremo esfuerzo consiguió controlarse. Ella lo deseaba. Y él la deseaba. Pero Selina pasaba de la más ardiente pasión a la más gélida frialdad sin motivo aparente y discutir con ella no le llevaría a ninguna parte. El día aún no había terminado y una vez zanjada la cuestión de la herencia Stakis, tenía otros planes para Selina y su cama.

—Esta es una copia de la notificación oficial redactada por Kadiekis según la cual accedes a venderme las acciones de tu abuelo. Será mejor que la conserves. Y estos son los certificados de las acciones, que quizás quieras repasar para asegurarte de que la suma equivale a la cantidad que yo te dije. Por último, esta es la copia de la transferencia, que deberías leer y firmar.

—No me hace falta leerlo. Dame un bolígrafo.

—¿Te parece buena idea? ¿Cómo sabes que puedes fiarte de mí? —preguntó él arqueando cínicamente las cejas—. Por lo que has dicho, tu opinión sobre mí no es muy buena.

—No, no lo es —Selina se enfurecía más a cada segundo—. Al menos no a nivel humano. Pero cuando se trata de negocios, sé que eres meticuloso hasta la saciedad —se burló mientras firmaba el documento.

Después se levantó de la silla y se lo entregó junto con la notificación que le había sugerido guardar. Por último sacó un cuadernillo de notas y escribió el número de una cuenta bancaria. Arrancó la hoja y se la pasó también.

–Te hará falta eso. Cuando Kadiekis y tú hayáis saldado las deudas, me gustaría que el dinero que quede sea transferido a esta cuenta. Así no tendremos que volver a comunicarnos nunca más –cuanto antes se marchara de allí, mejor. Estaba peligrosamente cerca de perder los nervios y decirle a Rion exactamente lo que pensaba de él.

–Yo también tengo que firmar, Selina –Rion la miró con los ojos entornados.

Le estaba ocultando algo, lo sabía. La mención de Bratchet y el demonio en la misma frase le había dado que pensar, y estaba decidido a averiguar qué pasaba.

–¿Te has dado cuenta de la cantidad de dinero que vas a recibir? –preguntó con la esperanza de retenerla un poco más.

–Supongo que será la cantidad que ya me comunicaste.

–Correcto –contemplando el número de cuenta que ella le había pasado, encendió el ordenador–. Meteré tu número de cuenta en el fichero correspondiente. Puedo cerrar la transferencia de las acciones ahora mismo con mi corredor de bolsa.

Todo estuvo hecho en pocos minutos. Rion se puso en pie y le devolvió la nota

–En el poco probable caso de que algo salga mal y necesites contactar conmigo, te he anotado aquí mi número de móvil –se lo entregó a Selina que evitó todo contacto con su mano–. ¿Has pensado ya lo que vas a hacer con el dinero que quede? –preguntó.

–Lo voy a entregar a una organización benéfica para niños –contestó ella.

–¿La misma organización de siempre? –insistió él sin creerse nada.

–Sí –Selina se volvió, dispuesta a marcharse.

–No tan rápido –Rion la agarró del brazo–. Tú y yo aún no hemos terminado.

–Terminamos hace años –Selina lo miró furiosa por sus burdas tácticas para retenerla. Intentó soltarse, pero él la sujetó con más fuerza–. Al final va a resultar que Iris me hizo un favor hablándome de ti.

–¿Iris? –Rion la miró perpleja–. ¿Hablándote de qué?

–Se supone que tienes una mente privilegiada. Adivínalo –espetó ella.

–Basta ya de sarcasmos –Rion le agarró la cola de caballo con la otra mano y tiró fuerte de ella para obligarla a echar la cabeza hacia atrás.

Inmovilizada por Rion que la taladraba con la oscura mirada, Selina sacó de su interior una profunda determinación. Negándose a ser intimidada, pensó que muy bien podría contárselo. Ya habían concluido los negocios y a Rion no le vendría mal que le hicieran bajar unos cuantos escalones.

–No fue mi abuelo el que me contó lo de tu negocio matrimonial. Fue tu hermanastra, Iris.

–¿Iris? No te creo. Ella no sabía nada.

–Sí lo sabía. Oyó a sus padres hablar en el coche de camino de vuelta de nuestra fiesta de compromiso. Qué gracia, ¿verdad? –sintió cómo Rion se tensaba y le soltaba los cabellos, aunque no así el brazo. Sacudió la cabeza y lo miró de frente–. Y me contó muchas cosas más. El día que me echaste le ordenaste que jamás volviera a hablar conmigo, pero lo hizo. Jason era su novio. Iris le había dicho que subiera a su dormitorio, al final de las escaleras. Pero él estaba borracho y giró a la izquierda, desmayándose en mi cama. Yo no me di cuenta porque me había acostado pronto tras tomarme un par de fuertes analgésicos.

Todo lo que Rion no le había permitido contarle antes salió vengativamente de sus labios.

–Iris sabía la verdad. Jason le contó que, al oír un

ruido en el pasillo, se había despertado encontrándose con una pelirroja en lugar de Iris. Comprendiendo el error y horrorizado, salió corriendo del dormitorio en el preciso instante en que tú llegaste. Le supliqué que te lo contara, pero tenía demasiado miedo de su autoritario hermano mayor. Conociéndote, no puedo culparla y, de hecho, al final ha resultado que me hizo un favor. Me habló del acuerdo matrimonial y de lo mujeriego que eras. ¿Quién te crees que me mostró las fotos de internet en las que apareces con todas esas mujeres? ¿Quién te crees que me contó que en realidad amabas a Lydia, pero que ella se había casado con otro?

Absolutamente espantado, Rion contempló los furiosos ojos ambarinos y supo que le estaba contando la verdad. La historia era tan rocambolesca que tenía que ser cierta. El que Iris, la hermanastra a la que siempre había protegido, hubiera sabido la verdad desde el principio y no le hubiera contado nada, le horrorizó. Todos esos años había pensado que Selina lo había engañado, pero no había sido así.

Una enorme grieta se abrió en su mente, y los recuerdos tantos años escondidos en su interior salieron a la luz. Selina le había parecido la novia más hermosa del mundo aquel día cuando la vio acercándose al altar. Le había ofrecido incondicionalmente su amor, y él lo había dado por hecho. ¿Cómo había podido ser tan arrogante como para echarla de su vida? ¿En qué le convertía eso? Después, tras ver a Selina en la playa de Letos, la había deseado tan desesperadamente que la había chantajeado para que se acostara con él.

–¿Por qué no me lo...?

–¿Por qué no te lo conté? –le interrumpió ella–. Te negaste a verme, a hablar conmigo, a escucharme, ¿recuerdas? –no se le escapó el ligero estremecimiento de Rion. Lógico, no era un hombre al que le gustara que le dijeran las verdades–. Después tuviste la osadía de declararme adúltera. Qué gracia, viniendo de ti. Le conté a Beth lo sucedido y, gracias a ella y a su padre luché contra ti y gané. Debería haber pedido más dinero, pero fue suficiente para recuperar mi autoestima, y todo ese asunto me enseñó una lección que jamás olvidaré.

–¿Cuál? –preguntó Rion sin estar muy seguro de querer oír la respuesta.

Lo que sí quería era que siguiera hablando mientras él intentaba calibrar la magnitud de lo que le había revelado. ¿Qué había hecho?

–A trabajar duro, a terminar mi carrera y a jamás contar con un hombre para mantenerme. Con los ejemplos tan ilustrativos de mi padre biológico, mi abuelo y mi exmarido, no me costó ningún esfuerzo –añadió con sarcasmo–. Y ahora, si no te importa, me marcho –con un fuerte tirón, se soltó.

–Todavía no –la mente de Rion trabajaba frenética para conseguir que se quedara–. Aún no te he pagado el sueldo que te debía por las dos semanas que has perdido. Te lo prometí.

–Olvídalo. Yo ya lo he hecho.

–No. Lo que intento decir es que te debo una disculpa, Selina. Más que una disculpa. No espero que me perdones por no confiar en ti, pero debes admitir que encontrar a un hombre medio desnudo saliendo de tu dormitorio es algo bastante feo.

Selina no pudo evitar una carcajada cargada de histeria. Rion estaba incapacitado para sentirse culpable.

–Ni siquiera cuando te disculpas puedes evitar justificarte con tus sentencias. Podrías, simplemente, haberme preguntado –Selina adoptó una pose pensativa–. Ah, claro, no podías porque te negabas a hablar conmigo...

–Muy gracioso, Selina –él hizo una mueca–. Pero por favor, escucha. Lo digo en serio. He cometido una terrible injusticia contigo, más de una –la agarró por los hombros para detenerla–. Quiero compensarte de la única manera que se me ocurre.

Ella lo miró a los ojos y vio una expresión de angustia, de sinceridad. Estaba demasiado cerca de ella y supo que debía salir de allí cuanto antes, antes de que su traidor cuerpo sucumbiera una vez más.

–¿Más dinero? Olvídalo –debía irse con el orgullo intacto. Era lo único que le quedaba.

–No. Sí. Quiero decir que quiero volver a casarme contigo, formar un hogar, tener hijos –Rion estaba casi tan estupefacto como parecía estarlo Selina. Y de repente una ráfaga de consciencia lo atravesó. Estaba seguro de cada una de las palabras pronunciadas.

Durante el tiempo que había pasado con Selina en el yate se había sentido más relajado, más vivo, y más alegre que en toda su vida. Pero no había sido solo sexo. Con Selina nunca había sido solo sexo sino amor. Le había hecho el amor, pero estaba demasiado ciego, era demasiado arrogante, para comprenderlo hasta ese momento. La amaba.

Selina abrió la boca y, durante un instante, su traidor corazón dio un vuelco de alegría. Entonces la realidad se abrió paso. Nada había cambiado. Rion no la amaba.

–¿Casarme otra vez contigo? ¿Estás loco?

Comprendía muy bien el verdadero motivo de su proposición. Por primera vez en su vida, el gran Orion Moralis se sentía culpable. Bueno, pues por ella podía ahogarse en su remordimiento. Le había hecho sentirse la mala, aunque no hubiera hecho nada malo. Si pensaba que podía lavar su conciencia casándose de nuevo con ella, iba a recibir una gran sorpresa. Se sentía insultada. Ya le había hecho bastante daño para toda una vida.

–En cuanto al hogar y los niños, supongo que estarás de broma. No me gustan tus amigos.

–Un simple «no», hubiera bastado. Además, ¿a quién te refieres con eso de «mis amigos»?

–Por ejemplo, a Bratchet –bufó Selina. Rion vivía una vida de ensueño, pero ya era hora de que supiera que no todo el mundo era tan afortunado–. Ya sé que no me crees, pero entregué el dinero del acuerdo de divorcio a una organización benéfica para niños. Una organización necesaria por culpa de pervertidos depravados como él, capaces de enviar a un niño de ocho años al hospital. Sentí asco al tener que estrechar su mano.

Miró a Rion a los ojos y le contó todo sobre la fundación Taylor, de la cual ella era socia anónima, y una de las principales financiadoras. Y no quiso ahorrarle ningún detalle.

Rion dejó caer las manos. No podía creer lo que estaba escuchando. Por supuesto que había oído hablar del comercio sexual, pero conocer los detalles le hizo palidecer de horror. Lo que Selina le estaba contando le sobrecogió, al igual que le sobrecogió comprender lo mal que la había juzgado y hasta qué punto había fracasado a la hora de proteger a la joven inocente con la que se había casado de ese lado sórdido de la vida.

–No tenía ni idea –murmuró.

–¿Cómo ibas a tenerla? En tu mundo el único dios es el dinero –contestó ella fríamente–. Pero te sorprendería saber cuántos hombres ricos como Bratchet abusan de niños. Hace falta mucho dinero para volar a Camboya –concluyó cínicamente.

–¿Me estás comparando con Bratchet? –preguntó Rion.

–No –ella conocía bien las preferencias sexuales de Rion. Verlo allí de pie con ese gesto espantado en la mirada hizo que el corazón se le inflamara de amor y compasión. Y supo que había llegado la hora de marcharse–. Pero a la gente se le suele juzgar por las compañías que frecuentan y, tal y como dijiste ayer, harías negocios con un asesino en serie si el trato fuera legal y lucrativo.

Por fin Rion conocía el secreto de Selina, el motivo por el que se había negado a continuar las vacaciones. Y, peor aún, comprendió que un absurdo comentario sin sentido había dado al traste con cualquier posibilidad de recuperarla.

–Sé que es mucho pedir, porque se trata de tu maravilloso negocio, pero hazme un favor la próxima vez que hables con Bratchet: no menciones lo que acabo de contarte. La otra noche, cuando me pillaste hablando por teléfono, no era con la tía Peggy sino con Trevor. Lo llamé para advertirle de que había visto a Bratchet y sabido que se dirigía a Extremo Oriente. Con suerte, le pillarán y no podrá volver a librarse con sobornos.

–Tienes mi palabra –asintió Rion con calma aunque en su interior se había desatado una tormenta de emociones: ira contra Bratchet, y contra sí mismo por ser tan ciego y arrogante que se había negado a admitir el amor que sentía por Selina hasta ese momento, cuando ella estaba a punto de abandonarlo.

–Gracias y, oye, mira el lado bueno. Si Bratchet es arrestado, puede que consigas su empresa por menos dinero. Así ambos ganaremos.

–Eres una mujer increíble, Selina –Rion sacudió la cabeza y sonrió tímidamente. No la merecía y, con tristeza, se resignó al hecho de que jamás sería suya–. Me ocuparé de tu vuelo de regreso a Inglaterra.

–No hace falta. Tengo un billete de avión reservado para Camboya. Cada año suelo pasar allí un mes con Beth y Trevor, aunque esta vez solo serán tres semanas.

Selina lo miró a los ojos y Rion percibió desprecio en las ambarinas profundidades. Estaba sin duda pensando en el motivo por el que se había acortado su estancia en Camboya. Igual que lo pensaba él. Y si aún era posible sentirse peor de lo que se sentía, lo consiguió.

—Entonces permíteme hacer un donativo a vuestra fundación —se ofreció.

—Te resultará muy fácil —Selina le indicó la dirección de correo electrónico—. Pero yo de ti la haría anónima. Beth tiene un elevado sentido de la justicia, mucho más que yo.

Rion no intentó detenerla cuando ella se volvió. Ni siquiera la tocó. No se atrevía.

—Tu equipaje está en el coche. Le diré al chófer que te lleve adonde tú desees.

La idea original de persuadirla para que se quedara un par de noches más, por no hablar de casarse con él, ya era agua de borrajas. Sentado tras el escritorio la vio partir y se limitó a saludar con una inclinación de cabeza.

Media hora después, seguía en el mismo lugar. Había perdido a Selina el mismo día en que había comprendido que la amaba.

El teléfono sonó, pero él lo ignoró. Su secretaria entró en el despacho, pero le ordenó que no lo molestaran durante el resto del día.

Contempló su vanguardista despacho y se puso en pie para asomarse a la enorme cristalera. Contempló Atenas desde las alturas, pero no sintió nada. Tenía salud, dinero, un trabajo que le gustaba. Una buena vida. Y aun así, la única persona que necesitaba le resultaba inalcanzable. Y el dolor que le provocaba era insufrible.

Capítulo 11

SELINA se detuvo en el centro del elegante vestíbulo del lujoso hotel de Rio que había sido su hogar durante los últimos diez días y sonrió a Antonio. De más de metro ochenta, atlético y vestido con frac negro, camisa blanca y pajarita roja, era muy atractivo.

–Gracias, Antonio, ha sido una velada encantadora –sonrió ella–, y ha sido un placer trabajar de nuevo para ti. Pero me marcho mañana temprano y debo despedirme ahora.

Selina alargó una mano para estrechársela, pero Antonio le besó ambas mejillas.

–Podrías cambiar de idea y aceptar convertirte en mi amante –insistió él con una sonrisa–. Ahora mismo dispongo de una vacante, en realidad para ti siempre la habrá, Selina.

–Eres incorregible, Antonio –Selina soltó una carcajada–, pero no gracias. Eso sí, si alguna vez vuelves a necesitar una intérprete, ya sabes cómo encontrarme.

–Cierto. Y si alguna vez cambias de idea, Selina, o si me necesitas para algo, ya sabes cuál es mi número. Llámame. Si no puedo tenerte como amante, me conformaré con que seas mi amiga –Antonio sonrió.

–Gracias –Selina se sintió conmovida por la cálida mirada–. Lo haré. Adiós.

Ya en su habitación, suspiró satisfecha. Había completado otro trabajo más con éxito. Se quitó los zapatos y se sentó en la cama para deshacer el complicado moño.

Antonio Soares era el jefe del mayor consorcio minero de Brasil, con intereses en todo el mundo. Era uno de los buenos, reflexionó Selina. Lo había conocido dos meses antes en Australia y había viajado con él a China. Después la había vuelto a contratar con motivo de la visita de una delegación china a Brasil. El viaje había sido un éxito por ambas partes y aquella noche acababan de celebrar la cena de despedida.

Sonriente, se alisó los cabellos con los dedos. Antonio era un mujeriego confeso, pero también era divertido y le hacía reír con sus historias sobre las mejores familias de Brasil que insistían en que se casara con sus hijas. En cierto modo se parecía a Rion. Trabajaba mucho y apostaba fuerte. Pero, a diferencia de Rion, Antonio no tenía el corazón como una piedra. Había tenido ocasión de conocer a su hijo, Eduardo, de diez años y sabía que su adorada esposa había fallecido durante el parto. Y Antonio no tenía ninguna intención de sustituirla.

Quizás, cuando hubiera pasado un año o poco más, y se hubiera recuperado de lo de Rion, aceptaría su ofrecimiento para convertirse en su amante.

Poniéndose en pie empezó a desvestirse antes de pararse en seco. Por primera vez en tres meses, desde que se había despedido de Rion, empezaba a pensar en el futuro con optimismo, incluso a pensar en otro hombre. Eso debía ser una señal de que estaba mejor.

A punto de quitarse el vestido, oyó un fuerte golpe de nudillos en la puerta.

A Selina le extrañó. Eran más de las once de la noche y no había pedido nada al servicio de habitaciones. Se dirigió hacia la puerta, sin ninguna intención de abrirla hasta saber quién se encontraba al otro lado.

Pero antes de poder hacerlo, la puerta se abrió y un hombre entró, cerrándola de nuevo de un fuerte portazo.

–¡Tú! –exclamó ella con los ojos desmesuradamente abiertos de espanto mientras su traicionero corazón daba saltitos de alegría al reconocer a Rion. Llevaba los cabellos más largos y tenía un aspecto ligeramente más informal que de costumbre. El bonito traje azul marino ya no encajaba como un guante. Había adelgazado mucho.

–¿Qué demonios haces aquí? –preguntó ella horrorizada y temblando por dentro–. ¿Y cómo entraste? –pregunta estúpida donde las hubiera–. Bueno, da igual. Márchate ahora mismo o llamo al gerente –no le gustaba la expresión rabiosa de sus ojos y de repente tuvo miedo.

–No te servirá de nada. Soy el dueño de este hotel. Tengo la llave y quiero hablar contigo.

–¿Dueño del hotel? –repitió ella–. Pero, ¿cómo supiste que estaba aquí?

Rion se mesó los cabellos. Tras presenciar la escena con Antonio Soares en el vestíbulo, no confiaba en sí mismo. Sin embargo, era incapaz de apartar la mirada de ella. El bonito pelo caía suelto sobre los desnudos hombros y el vestido de satén color dorado revelaba un tentador canalillo. El vestido se abrazaba a sus curvas hasta llegar al suelo. Estaba hermosa y sexy, y lo estaba volviendo loco.

–Te busqué –Rion se encogió de hombros en un intento de aliviar la tensión en su cuerpo.

–Me buscaste... Querrás decir rastreaste –contestó Selina estupefacta. Sus ojos de ámbar emitían furiosos destellos.

Escasos minutos antes se había estado felicitando por empezar a superar lo de Rion y entonces, como algún malvado genio, había vuelto a aparecer en su vida.

–¿Por qué demonios has hecho algo así? –exclamó ella–. Es casi medianoche y estamos en Brasil, en la otra punta del mundo. Y aquí estás. ¿Te has vuelto loco? –preguntó furiosa.

Rion la agarró de la cintura y la apretó contra su cuerpo. Durante un instante el deseo llameó entre ambos y, salvajemente, ella intentó aplastarlo. Pero era demasiado tarde.

–Loco, seguramente, pero es por tu culpa. Te perseguiré adonde quiera que vayas para recuperarte. Porque no soporto la idea de saberte con otro. Todo en mí, todo lo que soy, se muere por tenerte –declaró con voz ronca.

–No puedes perseguirme sin más...

Era un nuevo Rion, uno que ella jamás había visto. Parecía poseído.

–No te imaginas el tormento que he sufrido desde que nos separamos. Saber la verdad casi me mata. Fui tu primer amante, y me importa un bledo quién haya habido entre medias siempre que yo sea el último. En cuanto a Antonio, hablé con él y no volverá a molestarte.

–¿Hablaste con él? ¿Molestarme? –Selina tenía la sensación de haberse convertido en un loro–. Antonio es un cliente, un amigo, pedazo de Neandertal –espetó furiosa.

Rion la sujetó con más fuerza y hundió una mano en sus cabellos, tirando de ellos para obligarla a mirarlo a la cara.

–Cuando se trata de ti, no puedo evitarlo. Mentí cuando te dije que no era celoso. Basta con que te vea sonreír a otro hombre para que me convierta en un monstruo. Porque te amo. No espero que me creas, pero así es.

Selina parpadeó incrédula. ¿Lo había oído bien? No, era imposible.

–Si se trata de otra estratagema para acostarte conmigo, estás perdiendo el tiempo –rugió ella–. Y ahora, suéltame.

–No. Nunca más, Selina –Rion agachó la cabeza y la besó con unas ansias posesivas y seductoras contra las que el traicionero cuerpo de Selina no pudo resistirse.

Alzó las manos para apartarlo de su lado, pero, de algún modo, sus dedos acabaron rodeando el fuerte cuello mientras se rendía al deseo que Rion siempre conseguía despertar en ella. Y entonces le devolvió el beso.

–Perdóname –Rion enterró el rostro en el cuello de Selina antes de mirarla a la cara–. Me había jurado que no lo haría, que no te tocaría hasta que lo hubiésemos aclarado todo –la expresión de angustia en su rostro resultaba desgarradora–. Sé que no te merezco, pero te amo, Selina.

–¿Estás enfermo? ¿Tienes fiebre o algo así? –Selina no se atrevía a creerse que fuera cierto.

–Mi fiebre es por ti. Cuando pienso en cómo te eché de mi vida, divorciándome sin decir una palabra, me siento espantado. Descubrir que mi hermana tenía tanto miedo de mí que no se atrevió a contar la verdad, hace que se me revuelvan las entrañas. Jamás me he considerado una persona vengativa, y aun así me aproveché del testamento de tu abuelo y de tu generoso corazón, de tu preocupación por Anna, para meterte en mi cama.

–Cuando quieres algo eres un hombre despiadado –observó Selina con calma.

Aunque sus labios aún palpitaban tras el beso y la confesión había sido como un bálsamo para su maltrecho corazón, seguía sin estar preparada para creer que un machista redomado se hubiera convertido en un suplicante amante.

–Lo sé. Yo soy así, supongo, pero estoy intentando mejorar.

Un amago de sonrisa curvó los labios de Selina.

–No puedo evitarlo, del mismo modo que no puedo evitar desearte. Te amo, pero no encuentro las palabras para describir mis sentimientos. Nunca he tenido que hacerlo antes –continuó Rion con un toque de su habitual arrogancia mientras la atraía más hacia sí–. Decir que te amo suena a poco comparado con lo que siento realmente. El último día que nos vimos, en mi despacho, cuando comprendí que nunca me habías engañado y te pedí que volvieras a casarte conmigo, fue cuando al fin comprendí la profundidad de mis sentimientos por ti, cuando admití que te amo.

Ya era la quinta vez que mencionaba el amor, y Selina empezaba a creérselo.

–No hace falta que me lo digas –susurró mientras observaba detenidamente el rostro de Rion surcado por huellas de cansancio alrededor de los ojos y la boca.

Deslizó un dedo por el contorno del bello y anguloso rostro. O estaba enfermo o realmente la amaba. Y desde luego tenía muy claro qué opción prefería que fuera cierta.

–Sí que hace falta. Durante unos gloriosos instantes me sentí eufórico. Y entonces se desató el infierno cuando me confesaste que no te gustaban las compañías que frecuentaba y me explicaste el motivo. Y entonces comprendí lo que habías hecho con el dinero, la Fundación Taylor. Jamás en mi vida me había sentido tan horrorizado, ni tan avergonzado. Y supe, por tu despedida, que con un ridículo comentario había hecho que me asociaras para siempre con ese monstruo, Bratchet, y tuve que dejarte marchar.

–¡Oh, no! –Selina estaba conmovida por la sinceridad de Rion–. Puede que seas arrogante y te comportes en ocasiones como un despiadado magnate, bueno, casi siempre en realidad, pero jamás te compararía con ese horrible hombre.

–Gracias... creo –contestó él sardónicamente antes de rozarle suavemente los labios con los suyos–. Eso fue lo que dijo Dimitri hace una semana, cuando fue a Atenas a ver a sus padres. Si estoy aquí es gracias a él. Me dijo que estaba hecho un asco y me preguntó qué había pasado. Le conté la historia de nuestra relación y él me dijo que era un cobarde. Dijo que si te amaba debía luchar por ti. Entonces mencionó que te había visto salir de un aeropuerto en Rio, con Antonio Soares. También me dijo que había una foto tuya con Soares, tomada en China hace un mes, en una revista de geología, y que si me quedaba un átomo de sensatez no debería perder más tiempo. ¿He llegado demasiado tarde?

Selina clavó los ojos de ámbar en los suyos y Rion bajó la mirada en un intento vano por esconder la vulnerabilidad que sentía.

–¿Aún puedo tener esperanzas?

–Antonio es un hombre muy agradable.

–Lo conozco. Ha participado en algunas expediciones de buceo con Dimitri y conmigo. Me gustó, pero yo no soy tan agradable como él.

–Yo no diría tanto. Antonio es un amigo, nada más. Tú fuiste mi amante.

–No me gusta que hables en pasado.

Selina consideró la opción de contarle la verdad, y decidió que no tenía nada que perder.

–¿Recuerdas cuando sugeriste ampliar nuestro crucero? Me moría de ganas de aceptar.

–¿En serio? –Rion se puso tenso–. Entonces, ¿por qué...? –los negros ojos exudaban confusión, y algo más que hizo que el corazón de Selina saltara en el pecho.

–¿Recuerdas la noche que te dejé solo en la cama? Aquella fue la noche en que comprendí que me había vuelto a enamorar de ti. También comprendí que, con nuestro pasado, no había esperanza. No le vi ningún sentido a prolongar el viaje unos días más. Además, tenía miedo de que se me escapara algún comentario sobre la verdadera personalidad de Bratchet, y no me fiaba de que tú no fueras a contárselo. Menuda estupidez, porque al final acabé por contártelo.

—¿Has dicho que me amabas? —Rion la miró fijamente con tal emoción que ella se quedó muda—. Sé que no puedo esperar que me ames después de cómo me he comportado, y no puedo culparte por no confiar en mí. Pero te juro que si me das otra oportunidad y vuelves a casarte conmigo, dedicaré el resto de mi vida a intentar merecerme tu amor y confianza —le besó los labios casi reverentemente y luego la soltó.

Selina estaba de pie en medio del dormitorio con un nudo en la garganta. Tragó con dificultad y escrutó su rostro en busca de alguna señal de que decía la verdad. La rigidez de los masculinos rasgos fue traicionada por un pequeño músculo que latía bajo la bronceada piel. Sus miradas se fundieron y, desaparecida la máscara de arrogancia, vio su corazón, vio a un hombre vulnerable. Y creyó en sus palabras.

—¿Estás realmente seguro de esto... de nosotros?

—Jamás en mi vida he estado más seguro de algo, aunque... —el vulnerable penitente había desaparecido y Rion la tomó en sus brazos, tumbándola sobre la cama antes de colocarse encima—. Veo que voy a tener que convencerte de que te amo.

—Espera...

Sin embargo, él no esperó y tomó su boca en un hambriento y apasionado beso que desató un río de lava en las venas de Selina que le rodeó con los brazos y se entregó a la inevitable magia de sus caricias.

—Te adoro, Selina —susurró él con voz gutural mien-

tras clavaba su mirada en los ojos de ámbar–. Todo lo
que eres, divertida, amable, compasiva, con un corazón
enorme, hermosa por dentro y por fuera. Mi vida no
tiene sentido sin ti –concluyó.

Entre beso y beso la desnudó. Cada beso encerraba
una promesa de amor y pasión que hizo estremecerse el
corazón de Selina. Perdida en la maravilla de su amor,
acarició ansiosa el atlético cuerpo, cerrando los ojos ex-
tasiada mientras Rion rendía tributo, con las manos y
los labios, a cada milímetro de su cuerpo, acompañado
de palabras de amor, hasta que al fin fueron uno en todos los aspectos, corazón, cuerpo y alma.

Selina se revolvió feliz entre los protectores brazos
de Rion y lo miró.

–¿De verdad eres el dueño de este hotel o lo dijiste
para hacerme callar? –preguntó con una sonrisa.

–Lo soy –él asintió y le tomó las manos–. Jamás te
mentiría. Soy propietario de unas cuantas propiedades
en el centro de las ciudades principales. Es una buena
inversión.

–Eso ya lo mencionaste en otra ocasión –Selina sonrió. El magnate de los negocios hablaba de nuevo–. Y
debo darte las gracias por haber guardado el secreto –su
expresión se tornó seria–. Bratchet regresó a Camboya,
y allí fue arrestado, pero en esta ocasión no pudo librarse con sobornos y dentro de unas semanas se cele-
brará su juicio en los Estados Unidos de América.

–Eso es estupendo –la mirada de Rion se endureció
un instante.

Ya conocía la noticia. Con sus contactos en la judi-
catura, se había asegurado que el desenlace fuera ese.
Cuando se trataba de sobornar, él siempre ofrecía la mayor cantidad. No era su costumbre hacerlo, pero con
Bratchet había hecho una excepción. Sin embargo, no
iba a estropear el momento contándoselo a Selina, la

mujer a la que amaba y que, desnuda, apoyaba la cabeza sobre su pecho.

–Me retiré del trato cuando tú te marchaste de mi vida.

Y de nuevo la besó y le demostró cuánto la amaba.

–¿Qué pasa? –largo rato después, ella abrió los ojos y se encontró con Rion mirándola.

–Aún no has aceptado casarte conmigo.

–No recuerdo que me lo hayas pedido –Selina soltó una carcajada–. Simplemente me lo comunicaste.

–¿Entonces volverás a casarte conmigo?

–Sí.

Rion volvió a besarla.

–Pero creo que no me apetece casarme...

–¿Cómo? –exclamó Rio, interrumpiéndola.

–Déjame terminar –rio ella–. Quería decir que no me apetece volver a casarme en Grecia, porque la primera vez no tuve suerte. Preferiría que estuviésemos solos tú y yo, en algún juzgado de paz de Inglaterra.

–De acuerdo –superado el momento de pánico, Rion respiró hondo–. Lo organizaré en cuanto regresemos. Y esta vez va a ser diferente, te lo prometo. Ya no habrá más jornadas de trabajo de dieciséis horas.

De repente, Selina tuvo dudas de no estar haciendo lo correcto. Todo había sucedido muy deprisa, y Rion la había vuelto a desarmar.

–Lo creeré cuando lo vea. ¿Qué pasa con las otras mujeres? –balbuceó mientras los recuerdos del pasado regresaban para atormentarla.

Rion apretó los labios. No estaba acostumbrado a tener que dar explicaciones de su comportamiento, pero comprendió que de haber escuchado a Selina, o hablado con ella, desde el principio, no la habría perdido y si quería volver a ganarse su confianza, debía ser sincera con ella al cien por cien.

—Desde el instante en que te vi, no volví a mirar a otra mujer hasta después del divorcio.

—Eso me resulta muy difícil de creer. La noche que nos conocimos, no tenías ninguna videoconferencia, tenías una cita con una mujer llamada Chloe. Iris me enseñó la foto. Lo que me sorprendió fue que solo te puntuara con un cuatro sobre diez en la cama —bromeó.

—Iris te informó de demasiadas cosas —protestó él—. En efecto, tenía una cita con Chloe y mi intención era llevármela a la cama. ¿Era eso lo que querías oír? Pero después de despedirme de ti, la llevé a un club nocturno y luego la acompañé a su casa. Chloe estaba furiosa porque no me había acostado con ella. Y en cuanto a las demás... ni siquiera las conocía. Y el motivo por el que trabajaba tanto después de habernos casado era porque tu abuelo era un taimado villano. El trato lo firmó con mi padre, pero en cuanto se marchó de crucero y yo me puse a repasar las cuentas, averigüé que la naviera Stakis estaba mucho peor de lo que nos habían dicho. Me llevó tres meses conseguir evitar que se hundiera.

—¡No puede ser! Aunque conocía a mi abuelo, no me lo creo —exclamó Selina—. Sin embargo, sí conocías los términos del acuerdo, puesto que te casaste conmigo.

—¿Por qué estamos hablando de esto? Sí, mi padre me lo propuso, pero yo me negué. Sin embargo, para hacerle feliz, acudí a la cena. El resto ya lo sabes.

—Es verdad, temiste haberme dejado embarazada.

—En cuanto te vi, te deseé. Y después de hacer el amor, pensé que podrías estar embarazada. Seis años después, bastó verte de nuevo para desearte tanto, o más, que antes. En realidad creo que no dejé de amarte nunca, pero encontrar a otro hombre en tu cama me enfureció de tal manera que te borré de mi mente. Era la única manera de poder manejar la ira que sentía. Desde

ese día he estado trabajando dieciséis horas diarias, eso
debería decirte algo –abrazó a Selina con más fuerza.
No estaba dispuesto a perderla.

–¿Y qué pasa con Lydia? Iris dijo que seguías enamorado de ella.

–Estás celosa –Rion soltó una carcajada–. Eso es lo
que pasa. Pero, confía en mí, no hay motivo para que
lo estés. ¿Recuerdas la mujer que acompañaba a Lydia
cuando te la presenté? Es su amante, lo es desde hace
años –y Rion le contó a Selina toda la historia.

–¡Pero si está casada! –exclamó ella perpleja.

–Sigues siendo una ingenua en muchos aspectos –rio
él–. Lydia se habría casado con cualquier hombre. Cir-
culaban rumores sobre sus preferencias sexuales, y sus
padres pertenecen a la puritana alta sociedad griega. Jamás podría revelarse como una lesbiana, por eso se casó
con Bastias. Es lo bastante mayor y se lo consiente
todo. La conozco desde que tenía doce años y nunca hemos dejado de ser amigos. El motivo por el que discutía
con ese fotógrafo era que le estaba haciendo a Lydia
unas preguntas muy incómodas sobre su novia, que de
hecho estaba justo detrás de nosotros.

–¡Qué vida tan animada llevas! –Selina soltó una
carcajada aliviada.

–Bueno, yo ya te he contado mi vida, pero no te pre-
guntaré nada sobre la tuya. Me basta con saber que eres
mía –declaró Rion con voz ronca.

–No hay nada que contar. Solo he tenido un amante,
tú.

–Pero si estabas tomando la píldora –él la miró perpleja.

–Sí, es por culpa de mis dolores premenstruales.

–Me parece un sueño –Rion hundió las manos en
los hermosos cabellos y luego le tomó las manos–. Lo
eres todo para mí, Selina, y te adoraré hasta mi último

día, y aun después –concluyó mientras la besaba con pasión.

Selina acunaba a su bebé en los brazos, incapaz de apartar la mirada de él. Era precioso y tenía los cabellos negros como su padre.

–Sonríe a la cámara, Selina –ordenó Rion consiguiendo que arrancara la mirada de su hijo para posarla en su marido.

–¿Cómo de grande quieres la sonrisa?

–Enorme –Rion se sentó en el borde de la cama y la besó–. ¿Te he dicho que te amo? –volvió a besarla–. Y te doy las gracias de todo corazón por nuestro hermoso hijo –los ojos negros se humedecieron mientras contemplaba a su bebé–. Jamás, ni en mis más locos sueños, imaginé que pudiera existir tanta felicidad, y todo es gracias a ti, mi amor.

–Ahora a mí, papi, quiero ver a mi hermano –sonó una aguda vocecilla.

–Claro que sí, mi vida –Rion sonrió y tomó en brazos a la pequeña pelirroja de dos años, Phoebe–. Besa a tu hermanito en la mejilla y dile hola a Theodore.

–Hola, Theodore –Phoebe frunció los labios y le dio un enorme beso al bebé. Después, sentada sobre las rodillas de su papá observó a su hermano en silencio antes de suspirar–. No habla, y es demasiado pequeño para jugar conmigo –miró a Selina antes de continuar–. ¿Podemos irnos a casa, mami?

Su enérgica hija ya estaba aburrida.

Rion miró a Selina y ambos estallaron en sendas carcajadas.

–Papá y tú podéis iros ya, casi es la hora de acostarse, pero tu hermanito y yo tenemos que quedarnos aquí esta noche. Volveremos a casa mañana –contestó

Selina y, tras unos cuantos abrazos y besos, incluyendo uno apasionado para su marido, los vio marcharse.

Sola con su hijo, una sonrisa de pura felicidad curvó sus labios. La mano que tenía libre cubrió el colgante que llevaba colgado al cuello. Rion se lo había regalado la segunda noche de bodas, contándole que era el que le había comprado para su decimonoveno cumpleaños. La cadena de platino llevaba las iniciales de ambos entrelazadas. Selina había empezado a creer que quizás sí la había amado desde el principio.

Sorprendentemente, Beth se había mostrado de acuerdo. Y lo había estado desde la llegada de Selina a Camboya. El mismo día habían recibido un enorme donativo, y Beth le había sacado toda la verdad. A partir de ese momento, se había convertido en una firme defensora de Rion y se habían vuelto muy buenos amigos. Tanto, que Trevor y ella habían ejercido de padrinos de boda.

En contra de lo que le había dicho en una ocasión, Rion era un hombre muy celoso y posesivo. El día después de reconciliarse, le había comprado un nuevo Mercedes. Ella había intentado rechazarlo y se había echado a reír cuando él le había confesado que no le gustaba la idea de que un amigo le hubiera comprado un coche, igual que no le había gustado encontrarse a un borracho en su cama. De haber sido él, y aún borracho, se habría dado perfecta cuenta de dónde estaba.

Selina había insistido en que el coche se lo había comprado ella misma y que el amigo era su anciano vecino. Aunque jamás lo reconoció, el alivio de Rion fue evidente.

Los últimos cuatro años habían sido como un sueño hecho realidad. Vivían en una bonita casa en las colinas de Atenas, construida expresamente según las indicaciones de Rion. El apartamento de soltero se lo había regalado a su madrastra, Helen. También tenían una casa en Londres y una residencia de vacaciones en el Caribe y, por supuesto, la villa de Letos, aún cuidada por Anna.

Rion casi nunca trabajaba largas jornadas y había reducido sus viajes al mínimo. Siempre que era posible, Selina y Phoebe lo acompañaban. Rion adoraba a su hija y era muy buen padre. Jugaba con ella y la bañaba. También era muy buen marido y raro era el día en que no le hacía el amor.

La enfermera entró en la habitación y acostó al bebé en la cunita junto a la cama, indicándole a Selina que debía dormir un poco.

Con una enorme sonrisa en el rostro, se tumbó de lado y siguió contemplando a su bebé hasta que se le cerraron los ojos y se quedó dormida.

Un ligero ruido la despertó y, de inmediato, se volvió hacia el bebé. Pero no había sido su hijo el que la había despertado, era Rion sentado en el borde de la cama.

–¿Qué haces aquí? –susurró Selina–. ¿Qué hora es?

–Más de las diez. No te preocupes, Phoebe duerme y la tía Peggy la vigila –Rion se inclinó sobre ella y apoyó las manos a ambos lados del colchón–. Es su padre el que te necesita –susurró con voz ronca antes de besarla apasionadamente–. No podía irme a la cama sin desearte buenas noches.

La enfermera volvió a entrar en la habitación y, con una sonrisa, ordenó a Rion que se marchara. Por una vez en su vida, este obedeció.

–Eres una mujer con suerte. Ese hombre besa el suelo por donde pisas.

–Lo sé –Selina sonrió, completamente segura de su amor. Lo sabía.

Solo iba a tomar lo que le correspondía

Reiko Kagawa estaba al corriente de la fama de playboy del marchante de arte Damion Fortier, que aparecía constantemente en las portadas de la prensa del corazón, y del que se decía que iba por Europa dejando a su paso un rastro de corazones rotos.

Sabía que había dos cosas que Damion quería: lo primero, una pintura de incalculable valor, obra de su abuelo, y lo segundo, su cuerpo. Sin embargo, no tenía intención de entregarle ni lo uno, ni lo otro.

Damion no estaba acostumbrado a que una mujer hermosa lo rechazase, pero no se rendía fácilmente, y estaba dispuesto a desplegar todas sus armas de seducción para conseguir lo que quería.

Terremoto de pasiones

Maya Blake

Acepte 2 de nuestras mejores novelas de amor GRATIS

¡Y reciba un regalo sorpresa!

Oferta especial de tiempo limitado

Rellene el cupón y envíelo a
Harlequin Reader Service®
3010 Walden Ave.
P.O. Box 1867
Buffalo, N.Y. 14240-1867

¡Sí! Por favor, envíenme 2 novelas de amor de Harlequin (1 Bianca® y 1 Deseo®) gratis, más el regalo sorpresa. Luego remítanme 4 novelas nuevas todos los meses, las cuales recibiré mucho antes de que aparezcan en librerías, y factúrenme al bajo precio de $3,24 cada una, más $0,25 por envío e impuesto de ventas, si corresponde*. Este es el precio total, y es un ahorro de casi el 20% sobre el precio de portada. !Una oferta excelente! Entiendo que el hecho de aceptar estos libros y el regalo no me obliga en forma alguna a la compra de libros adicionales. Y también que puedo devolver cualquier envío y cancelar en cualquier momento. Aún si decido no comprar ningún otro libro de Harlequin, los 2 libros gratis y el regalo sorpresa son míos para siempre.

416 LBN DU7N

Nombre y apellido	(Por favor, letra de molde)
Dirección	Apartamento No.
Ciudad	Estado Zona postal

Esta oferta se limita a un pedido por hogar y no está disponible para los subscriptores actuales de Deseo® y Bianca®.
*Los términos y precios quedan sujetos a cambios sin aviso previo.
Impuestos de ventas aplican en N.Y.

Deseo

Paraíso de placer

KATE CARLISLE

¿Ciclo de ovulación? Comprobado. ¿Nivel de estrógenos? Perfecto. Ya nada podía impedir que
Ellie Sterling se quedara embarazada en una clínica de fertili-
dad. Nada, excepto la oferta de
su buen amigo y jefe: concebir
un hijo al modo tradicional.

Aidan Sutherland no deseaba
convertirse en padre. Solo pretendía impedir que su mejor empleada y futura socia abandona-
ra la empresa. Pero el romántico
plan a la luz de las velas diseña-
do para retenerla se transformó
en puro placer. Tras una noche

con Ellie, el seductor millonario se sintió confuso y, aunque pareciera increíble…, ¿enamorado?

Preparados, listos… ¡Ya!

Bianca.

Tenía reputación de ser un magnífico hombre de negocios y un seductor empedernido

El millonario Harry Finn siempre conseguía lo que se proponía... y lo que tenía ahora en la cabeza era a la secretaria de su hermano, Elizabeth Flippence.

Un mes trabajando juntos en un paraje tan bello y lujoso como Finn Island iba a ser tiempo más que suficiente para que Harry consiguiera que la eficiente y sensata Elizabeth se relajara un poco y acabara en su cama. Pero Elizabeth no quería ser una conquista más. Lo que no imaginaba era que Harry tenía una faceta que era mucho más peligrosa que su arrolladora sonrisa...

Dos amores para dos hermanos

Emma Darcy